De sobremesa

José Asunción Silva

# De sobremesa

519
editores

Título original: De sobremesa
Bogotá, 1925

Diseño de la colección: 519 editores
Fotografía de la portada: Retrato de José Asunción
Silva, Nadar

Primera edición en e-book © 2012 – 519 editores
Primera impresión © 2012 – 519 editores

ISBN-13: 978-1481089074
ISBN-10: 1481089072

v. 1.1

Recogida por la pantalla de gasa y encajes, la claridad tibia de la lámpara caía en círculo sobre el terciopelo carmesí de la carpeta, y al iluminar de lleno tres tazas de China, doradas en el fondo por un resto de café espeso, y un frasco de cristal tallado, lleno de licor transparente entre el cual brillaban partículas de oro, dejaba ahogado en una penumbra de sombría púrpura, producida por el tono de la alfombra, los tapices y las colgaduras, el resto de la estancia silenciosa. En el fondo de ella, atenuada por diminutas pantallas de rojiza gasa, luchaba con la semioscuridad circunvecina, la luz de las bujías del piano, en cuyo teclado abierto oponía su blancura brillante el marfil al negro mate del ébano.

Sobre el rojo de la pared, cubierta con opaco tapiz de lana, brillaban las cinceladuras de los puños y el acero terso de las hojas de dos espadas cruzadas en panoplia sobre una rodela, y destacándose del fondo oscuro del lienzo, limitado por el oro de un marco florentino, sonreía con expresión bonachona, la cabeza de un burgomaestre flamenco, copiada de Rembrandt.

El humo de dos cigarrillos, cuyas puntas de fuego ardían en la penumbra, ondeaba en sutiles espirales azulosas en el círculo de luz de la lámpara y el olor enervante y dulce del tabaco opiado de Oriente, se fundía con el del cuero de Rusia en que estaba forrado el mobiliario.

Una mano de hombre se avanzó sobre el terciopelo de la carpeta, frotó una cerilla y encendió las seis bujías puestas en pesado candelabro de bronce cercano a la lámpara. Con el aumento de luz fue visible el grupo que guardaba silencio: el fino perfil árabe de José Fernández, realzado por la palidez mate de la tez y la negrura rizosa de los cabellos y de la barba; la contextura hercúlea y la fisonomía plácida de Juan Rovira, tan atrayente por el contraste que en ella forman los ojazos de expresión infantil y las canas del espeso bigote, sobre lo moreno del cutis atezado por el sol; la cara enjuta y grave de Óscar Sáenz, que con la cabeza hundida en los cojines del diván turco y el cuerpo tendido sobre él, se retorcía la puntiaguda barbilla rubia y parecía perdido en una meditación interminable.

—¡Bonita sobremesa! Hace media hora que estamos callados como tres muertos. Esta medialuz que te gusta a ti, Fernández, ayuda al silencio, y es un narcótico, prorrumpió Juan Rovira, escogiendo un cigarro en la caja de habanos abierta sobre la mesa, al pie del frasco de aguardiente de Dantzing... Bonita sobremesa para una comilona rociada con ese borgoña. ¡Si ya me sentía con principios de congestión! Y comenzó a pasearse a grandes pasos por el cuarto, con la mano derecha metida en el bolsillo del chaleco, y arrancándole al puro las primeras bocanadas de humo.

—¿Qué quieres? Esto lo llaman los poetas el silencio de la intimidad; también es que Oscar nos ha contagiado; le comieron la lengua los ratones del hospital... No has atravesado tres palabras desde que entraste. Tienes sueño, dijo dirigiéndose a Sáenz, que se incorporó al oírlo.

—¿Yo, sueño?... no; estoy un poco cansado. Pero suponte, Juan, siguió, clavando en Rovira los ojos pequeños y penetrantes, que por un hábito profesional observan siempre la fisonomía del interlocutor como buscando en ella el síntoma o la expresión de una oculta dolencia; suponte, paso la semana entera en las salas frías del hospital y en las alcobas donde sufren tantos enfermos incurables; veo allí todas las angustias, todas las miserias de la debilidad y del dolor humano en sus formas más tristes y más repugnantes; respiro olores nauseabundos de desaseo, de descomposición y de muerte; no visito a nadie y los sábados entro aquí a encontrar el comedor iluminado *a giorno* por treinta bujías diáfanas y perfumado por la profusión de flores raras que cubren la mesa y desbordan, multicolores, húmedas y frescas, de los jarrones de cristal de Murano; el brillo mate de la vieja vajilla de plata marcada con las armas de los Fernández de Sotomayor; las frágiles porcelanas decoradas a mano por artistas insignes; los cubiertos que parecen joyas; los manjares delicados, el rubio jerez añejo, el johanissberg seco, los burdeos y los borgoñas que han dormido treinta años en el fondo de la bodega; los sorbetes helados a la rusa, el tokay con sabores de miel, todos los refinamientos de esas comidas de los sábados, y luego, en el ambiente suntuoso de este cuarto, el café aromático como una esencia, los puros riquísimos y los cigarrillos egipcios que perfuman el aire... Junta a la impresión de todos esos detalles materiales, la que me causa a mí, acostumbrado a ver moribundos, el exceso de vigor físico y la superabundancia de vida de este hombrón, dijo señalando a Fernández, que se sonrió con una expresión de triunfo, junta a eso con mis quehaceres habituales y con el ambiente mezquino y prosaico en que vivo y comprenderá mi silencio cuando estoy aquí. Por eso me callo, y por otras cosas también...

—¿Cuáles son esas cosas?, inquirió Fernández.

—Son tus aventuras amorosas, que todos te envidiamos en secreto, insinuó Rovira con aire paternal, y que por el lado antihigiénico preocupan a este don Pedro Recio Tirteafuera.

—No, lo demás es que he comprendido la inutilidad de suplicarte para que vuelvas al trabajo literario y te consagres a una obra digna de tus fuerzas y que cada vez que estoy aquí, prefiero no hablar para no repetirte que es un crimen disponer de los elementos de que dispones, y dejar que pasen los días, las semanas, los años enteros sin escribir una línea! ¡Dormiste sobre tus laureles, satisfecho con haber publicado dos tomos de poesías, uno cuando niño y otro hace ya siete años?

—¿Te parece poco haber escrito un tomo de poesías como los «Primeros Versos» y como los «Poemas del más allá»?

—Yo no sé de esas cosas, pero me parece que valen la pena los versos de Fernández, agregó Rovira con aire de fastidio.

—Para cualquiera otro me parecería mucho, para Fernández nada... Recuerde usted cuánto hace que los escribió... Todo lo que has hecho, continuó volviéndose al poeta, todo lo más perfecto de tus poemas es nada, es inferior a lo que tenemos derecho a esperar de ti, los que te conocemos íntimamente, a lo que tú sabes muy bien que puedes hacer. Y sin embargo, hace dos años que no produces una línea... Dime, ¿piensas pasar tu vida entera como has pasado los últimos meses, disipando tus fuerzas en diez direcciones opuestas; exponiéndote a los azares de la guerra por defender una causa en que no crees, como lo hiciste en julio al combatir a las órdenes de Monteverde; promoviendo reuniones políticas para excitar al pueblo de que te ríes; cultivando flores raras en el invernáculo; seduciendo histéricas vestidas por Worth; estudiando árabe y emprendiendo excursiones peligrosas a las regiones más desconocidas y malsanas de nuestro territorio para continuar tus estudios de prehistoria y de antropología? Déjame echarte un sermón ya que me he callado tanto tiempo. En tu frenesí por ampliar el campo de las experiencias de la vida, en tu afán por desarrollar simultáneamente las facultades múltiples con que te ha dotado la naturaleza, vas perdiendo de vista el lugar a donde te diriges. El aspecto de tu escritorio ayer por la mañana daría a pensar en un principio de incoherencia, a cualquiera que te conociera menos de lo que te conozco. Había sobre tu mesa de trabajo un vaso de antigua mayólica lleno de orquídeas monstruosas; un ejemplar de Tíbulo manoseado por seis generaciones, y que guardaba entre sus páginas amarillentas la traducción que has estado haciendo; el último libro de no sé qué poeta inglés; tu despacho de General, enviado por el Ministerio de Guerra; unas muestras de mineral de las minas de Río Moro, cuyo análisis te preocupaba; un pañuelo de batista perfumado que sin duda le habías arrebatado la noche anterior en el baile de Santamaría al más aristocrático de tus flirts; tu libro de cheques contra el Banco

Anglo—Americano, y presidía esa junta heteróclita el ídolo quichua que sacaste del fondo de un adoratorio, en tu última excursión, y una estatueta griega de mármol blanco.

Tú, sentado enfrente del escritorio, azotado ya por la ducha fría y excitado por tres tazas de té, comenzabas el día. Ya habías escrito una estrofa musical y perversa destinada probablemente a una de tus víctimas; según me dijiste ya habías girado tres cheques para atender los pagos de la semana; llamado al teléfono para darle órdenes al arquitecto de Villa Helena; comenzado en el laboratorio un ensayo del mineral de Río Moro; ya habías leído diez páginas de una monografía sobre la raza azteca, y mientras ensillaban el más fogoso de los caballos, te entretenías en estudiar el plano de una batalla. ¡Dios mío! si hay un hombre capaz de coordinar todo eso, ese hombre, aplicado a una sola cosa, será una enormidad! Pero no, eso está fuera de lo humano... Te dispersarás inútilmente. No sólo te dispersarás, sino que esos diez caminos que quieres seguir al tiempo, se te juntarán, si los sigues, en uno solo.

—¿Qué lleva al Asilo de Locos?, preguntó Fernández, sonriéndose con una sonrisa de desdén... No lo creas... Yo creí eso en un tiempo. Hoy no lo creo.

—Bien, suponte que no sea así, continuó Sáenz imperturbable. Da por sentado que tu organización de hierro resista las pruebas a que la sometes, y dime, ¿tú si crees de buena fe que aunque vivas cien años alcanzarás a satisfacer los millones de curiosidades que levantas dentro de ti a cada instante, para lanzarlas por el mundo como una jauría de perros hambrientos, a caza de impresiones nuevas? ... ¿Y para seguir en esas locuras echas a un lado lo mejor de ti mismo, tu vocación íntima, tu alma de poeta? ... ¿Cuántos versos has escrito en este año?

—Versos... ni uno solo... pensé escribir un poema que tal vez habría sido superior a los otros, no lo comencé, probablemente no lo comenzaré nunca... no volveré a escribir un solo verso... Yo no soy poeta...

Una exclamación de los dos amigos le impidió continuar la frase...

—No, no soy poeta, dijo con aire de convicción profunda... Eso es ridículo. ¡Poeta yo! Llamarme a mí con el mismo nombre con que los hombres han llamado a Esquilo, a Homero, al Dante, a Shakespeare, a Shelley... Qué profanación y qué error. Lo que me hizo escribir mis versos fue que la lectura de los grandes poetas me produjo emociones tan profundas como son todas las mías; que esas emociones subsistieron por largo tiempo en mi espíritu y se impregnaron de mi sensibilidad y se convirtieron en estrofas. Uno no hace versos, los versos se hacen dentro de uno y salen. El que menos ilusiones puede formarse respecto del valor artístico de mi obra soy yo mismo que conozco el secreto de su origen... ¿Quieres saberlo? Viví unos meses con la imaginación en la Grecia de Pericles, sentí la belleza noble y sana del arte heleno con todo el entusiasmo de los veinte años y bajo esas impresiones escribí los «Poemas Paganos», de un lluvioso otoño pasado en el campo leyendo a Leopardi y a Antero de Quental, salió la serie de sonetos que llamé después «Las Almas Muertas»; en los «Días Diáfanos» cualquier lector inteligente adivina la influencia de los místicos españoles del siglo XVI, y mi obra maestra, los tales «Poemas de la Carne», que forman parte de los «Cantos del más allá», que me han valido la admiración de los críticos de tres al cuarto, y cuatro o seis imitadores grotescos, ¿qué otra cosa son sino una tentativa mediocre para decir en nuestro idioma las sensaciones enfermizas y los sentimientos complicados que en formas perfectas expresaron en los suyos Baudelaire y Rossetti, Verlaine y Swinburne?... No, Dios mío, yo no soy poeta... Soñaba antes y sueño todavía a veces en adueñarme de la forma, en forjar estrofas que sugieran mil cosas oscuras que siento bullir dentro de mí mismo y que quizás valdrían la pena de decirlas, pero no puedo consagrarme a eso...

—Al oírte comprendo por qué dice Máximo Pérez que el crítico en ti mata al poeta... que tus facultades analíticas son superiores a tus fuerzas creadoras, dijo Sáenz.

—Puede ser, soy quien menos puede decirlo, continuó Fernández... Poeta, puede ser, ese tiquete fue el que me tocó en la clasificación. Para el público hay que ser algo. El vulgo les pone nombres a las cosas para poderlas decir y pega tiquetes a los individuos para poderlos clasificar. Después el hombre cambia de alma pero le queda el rótulo. Publiqué un tomo de malos versos a los veinte años y se vendió mucho; otro de versos regulares a los veintiocho y no se vendió nada. Me llamaron Poeta desde el primero, después del segundo no he vuelto a escribir ni una línea y he hecho nueve oficios diferentes, y a pesar de eso llevo todavía el tiquete pegado, como un envase que al estrenarlo en la farmacia contuvo mirra, y que más tarde, lleno por dentro de cantáridas, de linaza o de opio ostenta por fuera el nombre de la balsámica goma. ¡Poeta! Pero no, oye, no son mis facultades analíticas que Pérez exagera, la razón íntima de la esterilidad que me echas en cara; tú sabes muy bien cuál es: es que como me fascina y me atrae la poesía, así me atrae y me fascina todo, irresistiblemente: todas las artes, todas las ciencias, la política, la especulación, el lujo, los placeres, el misticismo, el amor, la guerra, todas las formas de la actividad humana, todas las formas de la Vida, la misma vida material, las mismas sensaciones que por una exigencia de mis sentidos, necesito de día en día más intensas y más delicadas... ¿Qué quieres, con todas esas ambiciones puede uno ponerse a cincelar sonetos? En esas condiciones no manda uno en sus nervios...

—Y mucho menos cuando usa como tú un disfraz de perfecta corrección mundana, se aísla como vives aislado entre los tesoros de arte y las comodidades fastuosas de una casa como ésta y sólo trata con una docena de chiflados como somos tus amigos, excepción hecha de Rovira, los más a propósito para aislarte de la vida real...

¿La vida real?... Pero ¿qué es la vida real, dime, la vida burguesa sin emociones y sin curiosidades?... Cierto que sólo existen para mí diez amigos íntimos que me entienden y a quienes entiendo y algunos muertos en cuya intimidad vivo... Las demás son amistades epidérmicas, por decirlo así; en cuanto a mi vida de hoy, tú sabes bien que, aunque distinta en la forma de la que he llevado en otras épocas, su organización obedece en el fondo a lo que ha constituido siempre mi aspiración más secreta, mi pasión más honda: el deseo de sentir la vida, de saber la vida, de poseerla, no como se posee a una mujer de quien nos hacen dueños unos instantes de desfallecimiento suyo y de audacia nuestra, sino como a una mujer adorada, que convencida de nuestro amor se nos confía y nos entrega sus más deliciosos secretos. ¿Tú crees que yo me acostumbro a vivir?... No, cada día tiene para mí un sabor más extraño y me sorprende más el milagro eterno que es el Universo. La vida. ¿Quién sabe lo que es? Las religiones no, puesto que la consideran como un paso para otras regiones; la ciencia no, porque apenas investiga las leyes que la rigen sin descubrir su causa ni su objeto. Tal vez el arte que la copia... tal vez el amor que la crea.

¿Tú crees que la mayor parte de los que se mueren han vivido? Pues no lo creas; mira, la mayor parte de los hombres, los unos luchando a cada minuto por satisfacer sus necesidades diarias, los otros encerrados en una profesión, en una especialidad, en una creencia, como en una prisión que tuviera una sola ventana abierta siempre sobre un mismo horizonte, la mayor parte de los hombres se mueren sin haberla vivido, sin llevarse de ella más que una impresión confusa de cansancio!... ¡Ah! vivir la vida... eso es lo que quiero, sentir todo lo que se puede sentir, saber todo lo que se puede saber, poder todo lo que se puede... Los meses pasados en la pesquería de perlas, sin ver más que la arena de las playas y el cielo y las olas verdosas, respirando a pleno pulmón el ambiente yodado del mar; las temporadas de orgías y de tumultos mundanos en París; los meses de retiro en el viejo convento español, entre cuyos paredones grises sólo resuenan los rezos monótonos de los frailes y las graves músicas del canto llano; la permanencia agitada en el escritorio de Conills, con mi fortuna comprometida en el engranaje vertiginoso de los negocios yankees, y la cabeza llena de cotizaciones y de cálculos, en pleno hardwork, las suaves residencias en Italia, en que secuestrado del mundo y olvidado de mí mismo, viví encerrado en iglesias y museos o soñando por horas enteras en amorosa contemplación ante las obras de mis artistas predilectos como el Sodoma y el Vinci, todo eso son cinco caminos emprendidos con loco entusiasmo, recorridos con frenesí, y abandonados por temor de que me sorprendiera la muerte en alguno de ellos antes de transitar por otros, por estos otros nuevos que trato de recorrer ahora y por los cuales dices tú que voy gastando inútilmente mis fuerzas...' ¡Ah! ¡vivir la vida! emborracharme de ella, mezclar todas sus palpitaciones con las palpitaciones de nuestro corazón antes de que él se convierta en ceniza helada; sentirla en todas sus formas, en la gritería del meeting donde el alma confusa del populacho se agita y se desborda en el perfume acre de la flor extraña que se abre, fantásticamente abigarrada, entre la atmósfera tibia del invernáculo; en el sonido gutural de las palabras que hechas canción acompañan hace siglos la música de las guzlas árabes; en la convulsión divina que enfría las bocas de las mujeres al agonizar de voluptuosidad; en la fiebre que emana del suelo de la selva donde se ocultan los últimos restos de la tribu salvaje... Dime, Sáenz, ¿son todas esas experiencias opuestas y las visiones encontradas del Universo que me procuran, todo eso es lo que quieres que deje para ponerme a escribir redondillas y a cincelar sonetos?

—No, contestó el otro sin desconcertarse. Yo no te he dicho nunca que no pienses sino que no abuses. Alegas tú que lo que yo llamo abuso es para ti lo estrictamente necesario y te ríes de mis sermones. Es claro que si el fin de todos tus esfuerzos me pareciera a tu altura, te aplaudiría, pero tú lo que quieres es gozar y eso es lo que persigues en tus estudios, en tus empresas, en tus amores, en tus odios. No son tus complicaciones intelectuales las que no te dejan escribir, ni tampoco son tus grandes facultades críticas que requerirían que produjeras obras maestras para quedar satisfechas, no, no es eso; son las exigencias de tus sentidos exacerbados y la urgencia de satisfacerlas que te domina. Mira, si en mis manos estuviera te quitaría cosa a cosa todo lo que te impide escribir y hacer glorioso tu nombre. ¿Quieres saber qué es lo que no te deja escribir? El lujo enervante, el confort refinado de esta casa con sus enormes jardines llenos de flores y poblados de estatuas, su parque centenario, su invernáculo donde crecen, como en la atmósfera envenenada de los bosques nativos, las más singulares especies de la flora tropical. ¿Sabes qué es? No son tanto las tapicerías que se destiñen en el vestíbulo, ni los salones suntuosos, ni los bronces, los mármoles y los cuadros de la galería, ni el gabinete del extremo oriente con sus sederías chillonas y sus chirimbolos extravagantes, ni las colecciones de armas y de porcelanas, ni mucho menos tu biblioteca ni las aguafuertes y dibujos que te encierras a ver por semanas enteras. No, es lo otro. Lo que estimula el cuerpo, las armas, los ejercicios violentos, tus cacerías salvajes con los Merizaldes y los Monteverdes; tus negocios complicados; el salón de hidroterapia, la alcoba y el tocador dignos de una cortesana. Son los vicios nuevos que dices que estás inventando, esas joyas en cuya contemplación te pasas las horas fascinado por su brillo, como se fascinaría una histérica; el té despachado directamente de Cantón, el café escogido grano por grano que te manda Rovira; el tabaco de Oriente y los cigarros de Vuelta Abajo, el kummel ruso y el krishabaar sueco, todos los detalles de la vida elegante que llevas, y todas esas gollerías que han reemplazado en ti al poeta por un gozador que a fuerza de gozar corre al agotamiento... ¡Hombre; cuando estando sano como una manzana y fuerte como un carretero has dado en tomar tónicos de los que se les dan a los paralíticos y eso sólo para sentirte más lleno de vida de lo que estás! Mira, si en mis manos estuviera te quitaría todos los refinamientos y las suntuosidades de que te rodeas, te debilitaría un poco para tranquilizarte, te pondría a vivir en un pueblecito, en un ambiente

16

pobre y tranquilo donde conversaras con gente del campo y no vieras más cuadros que las imágenes de la iglesia ni consiguieras más libros que el Año Cristiano, prestado por el cura. Si en mis manos estuviera te salvaría de ti mismo. A los seis meses de vivir en ese ambiente serías otro hombre y te pondrías a escribir algún poema de los que debes escribir, de los que es tu deber escribir.

—¿Conque yo tengo deber de escribir poemas?, preguntó Fernández riéndose... ¡Pues estoy divertido! y enseriándose súbitamente: Feliz tú que sabes cuáles son los deberes de cada cual y cumples los que crees tuyos como los cumples. ¡Deber! ¡Crimen! ¡Virtud! ¡Vicio!... Palabras, como dice Hamlet... Yo estoy en la situación en que nos suponía el zapatero aquel que cuando se emborrachaba nos detenía a la salida del colegio, ¿recuerdas?

—¡Ah! sí, el zapatero Landínez, contestó Juan Rovira como si se dirigiera a él, antier me lo encontré más borracho que nunca y me detuvo con su eterno sonsonete: «Dadme una peseta, caballero. Vos no sabéis la posición que ocupáis en la sociedad; vos no sabéis qué cosa es el mal ni qué cosa es el bien». ¿Bueno, José, y tú qué tienes que ver con ese perdulario?, dijo interpelando a Fernández.

—Tú no entiendes esas cosas, le respondió éste, es una broma que tengo con Sáenz. Conque, dime —preguntó volviéndose al médico—, ¿tú sí crees que mi deber es escribir poemas? Pues mira, esa calavera, agregó mostrando con la mano nerviosa y fina un cráneo cuyas cuencas vacías donde se aglomeraba la sombra parecían mirarlo desde el pedestal de la Venus de Milo, donde estaba colocado, esa calavera me dice todas las noches que mi deber es vivir con todas mis fuerzas, ¡con toda mi vida!...

Y sin embargo los versos me tientan y quisiera escribir, ¿para qué ocultártelo? En estos últimos días del año sueño siempre en escribir un poema pero no encuentro la forma... Esta mañana volviendo a caballo de Villa Helena me pareció oír dentro de mí mismo estrofas que estaban hechas y que aleteaban buscando salida. Los versos se hacen dentro de uno, uno no los hace, los escribe apenas... ¿tú no sabes eso, Rovira...?

17

—¡No, qué sé yo de esas cosas! contestó el interpelado. Los tuyos me gustan y son buenos de seguro, porque un hombre de gusto que tiene caballos como la pareja de moros de tu victoria y el árabe en que montas, y una casa como ésta y tanto cuadro y tantas estatuas y cigarros de esta calidad, dijo mostrando la larga ceniza del puro casi negro que se estaba fumando, ¡pues es clarísimo que no puede hacer malos versos!

—¿Por qué no escribes un poema, José?, insistió Sáenz.

—Porque no lo entenderían tal vez, como no entendieron los «Cantos del más allá», dijo el poeta con dejadez. ¿Ya no recuerdas el artículo de Andrés Ramírez en que me llamó asqueroso pornógrafo y dijo que mis versos eran una mezcla de agua bendita y de cantáridas? Pues esa suerte correría el poema que escribiera. Es que yo no quiero decir sino sugerir y para que la sugestión se produzca es preciso que el lector sea un artista. En imaginaciones desprovistas de facultades de ese orden, ¿qué efecto producirá la obra de arte? Ninguno. La mitad de ella está en el verso, en la estatua, en el cuadro, la otra en el cerebro del que oye, ve o sueña. Golpea con los dedos esa mesa, es claro que sólo sonarán unos golpes, pásalos por las teclas de marfil y producirán una sinfonía. Y el público es casi siempre mesa y no un piano que vibre como éste, concluyó sentándose al Steinway y tocando las primeras notas del prólogo del Mephisto.

—Fernández, dijo Rovira suspendiendo su interminable paseo para acercarse a la mesa y sacudir la ceniza del puro que fumaba, en un platillo de cobre repujado. Oye, Fernández: no te preocupes con los sermones de este médico, que quiere ser para ti un don Pedro Recio Tirteafuera, ni con escribir unos versos más o menos, para que tus admiradores te proclamen genio al día siguiente del entierro! Más vale vivir tres días en Nare, como decía el minero, que tres siglos en el corazón de la posteridad... Nada, hijo, diviértete, cuídate, busca más caballos árabes y más armas si eso te suena, compra más antiguallas y más chirimbolos, métete hasta las narices en la política, déjate querer por todas las mujeres que se antojen de ti y hazte querer de todas las que se te antojen, no vuelvas a escribir un solo verso si no se te da la gana... Para todo eso te doy mi permiso a cambio de que me satisfagas esta noche un antojo que tengo desde hace mucho tiempo... Quiero oírte leer unas páginas que según me dijiste una vez, tienen relación con el nombre de tu quinta, con un diseño de tres hojas y una mariposa que llevan impreso en oro, en la pasta blanca, varios volúmenes de tu biblioteca, y con aquel cuadro de un pintor inglés... ¿cómo dices tú?, ¿decadente? no... ¿simbolista? no, ¿prerrafaelita? Eso es, prerrafaelita, que tienes en la galería y que no logro entender por más que lo miro cada vez que paso por ahí... ¿Sabes de qué te hablo?...

—Sí, sé de qué me hablas, contestó Fernández levantándose al oír ruidos de voces y de pasos en el cuarto vecino.

El portier pesado de tela roja de Oriente bordado de oro que cierra la entrada de la derecha, se abrió dándoles paso a Luis Cordovez y a Máximo Pérez.

—Buenas noches, te traigo a este hombre para que lo distraigas, dijo Cordovez, tendiéndole la mano a Fernández; Juan, Oscar, saludando familiarmente a los amigos con quienes hablaba Pérez, y vengo yo a desinfectarme de todas las vulgaridades oídas en estas dos horas... Dame una copa de jerez del más seco, y siéntate tú aquí, añadió mostrando un sillón cercano al suyo, necesito oír buenos versos para desinfectarme el alma... ¡Si tú supieras de dónde vengo...!

—Pues no me parece imposible adivinarlo; de una comida en que has estado cerca de una rubia... el vestido lo cuenta... ¡Irreprochable!... añadió Fernández fijándose en la gardenia fresca que llevaba Cordovez en el ojal del frac y en las gruesas perlas que le abotonaban la pechera.

—¡Ya lo ves, te equivocaste! Los poetas andan siempre soñando cosas deliciosas. Nada, hombre, de una comida dada por Ramón Rey a Daniel Avellaneda, en que se habló de política al comenzar y de religión y de mujeres al concluir. Cuando te digo que necesito que me leas versos de Núñez de Arce para desinfectarme. No, no son versos, añadió dirigiéndole a Fernández una mirada en que se adivinaba su amor casi fraternal y su entusiasmo fanático por el poeta... ¿Sabes?... no son versos de Núñez de Arce... es prosa tuya lo que quiero.. vengo a pedirte de soñar como dices tú... hace tres días que no le pido de soñar a nadie por miedo de que me sirvan mal y que estoy pensando a cada momento en que llegue esta noche para suplicarte me leas unas notas tomadas en un viaje por Suiza, que nunca me has mostrado... Nos las vas a leer dentro de un rato, ¿cierto?... Si tú supieras que he pasado hoy un mal día pensando en ti, con la idea fija de que estabas enfermo... Pero estás bien, ¿verdad?...

—Nunca estoy bien en los últimos días del año, contestó Fernández como distraído por algo que lo preocupara; nunca estoy bien en los últimos días de diciembre.

La frescura y la animación de Luis Cordovez, cuyas facciones delicadas y naciente barba castaña recordaban el perfil del Cristo de Scheffer, sin que los rizos oscuros que le caían sobre la frente estrecha, ni el frac que le moldeaba el busto alcanzaran a disminuir el parecido, formaban extraño contraste con la atonía meditabunda del semblante pálido y lo apagado de los ojos grises de Máximo Pérez, cuya flacura se adivinaba, mal disimulada por el vestido de cheviot claro que traía puesto, en las líneas del cuerpo tendido sobre el diván vecino, en una postura de enfermizo cansancio.

—¿Tú no sigues bien, eh?... ¿aumentan los dolores?... le preguntó Sáenz clavándole los ojos inquisitivos...

—Siguen los dolores, atroces, a pesar de los bromuros y de la morfina... Esta noche me sentía tan mal que me retiraba ya del Club cuando encontré a Cordovez y me hizo el bien de traerme... No saben tus colegas qué es lo que tengo... Fernández, dime, ¿tampoco pudieron hacer diagnóstico preciso de una enfermedad que sufriste en París, de una enfermedad nerviosa de que me ha hablado, Marinoni...? Dime, ¿tú la describiste en algunas páginas de tu diario?... Si nos las leyeras esta noche... Creo que sólo la lectura de algo inédito y que me interesara mucho alcanzaría a disipar un poco mis ideas negras.

—Yo le había instado antes a José para que nos leyera algo relacionado con el nombre de la quinta, con Villa Helena, dijo Rovira malhumorado y como temeroso de no lograr su empeño; ahora tú y Cordovez vienen cada cual con su idea, y va a resultar que José no nos lee nada al fin. Fernández, ¿qué dices?

—Tú querrías leer la última novela de Pereda, ¿no, Cordovez? —dijo el escritor distraído—, recuérdame darte el tomo.

—No; te había suplicado que nos leyeras unas notas escritas en Suiza, pero resulta que Rovira desea conocer unas páginas que según dice tienen relación con Villa Helena; Pérez otras que diz-que describen una enfermedad que sufriste en París y el doctor Sáenz no opina, está callado como un mudo desde que entra-mos... ¡habla, Sáenz!

—Fernández no me oye nunca cuando le hablo. Hace cuatro años le vengo diciendo que escriba y no me oye. José, ¿no tienes tú, un cuento o cosa así, que pasa en París, una noche de año nuevo? insinuó el médico... ¿Por qué no nos lo lees?...

—Todo eso es Ella... dijo el escritor, como perdido en un en-sueño; esta mañana las rosas blancas en la verja de hierro de Villa Helena; a mediodía el revoloteo de la mariposilla blanca que se entró por la ventana del escritorio... Ahora cuatro deseos encon-trados que se juntan para que la nombre... Se pasó la mano por la frente y se quedó callado luego sin que durante diez minutos en que pareció olvidarse de todo y sumirse en honda meditación, ninguno de los amigos se atreviera a distraerlo.

—Fernández, ¿no nos vas a leer nada?, preguntó Rovira im-paciente, deteniéndose cerca del sillón de aquél... ¿Tienes dolor de cabeza?... Eso ha sido el trabajo de hoy... ¿Tú para qué traba-jas?... ¿no lees algo al fin?...

José Fernández, después de buscar en uno de los rincones oscuros del cuarto, donde sólo se adivinaba entre la penumbra rojiza la blancura de un ramo de lirios y el contorno de un vaso de bronce y de apagar las luces del candelabro, se sentó cerca de la mesa, y poniendo sobre el terciopelo de la carpeta un libro cerrado, se quedó mirándolo por unos momentos.

Era un grueso volumen con esquineras y cerradura de oro opaco. Sobre el fondo de azul esmalte, incrustado en el marroquí negro de la pasta, había tres hojas verdes sobre las cuales revoloteaba una mariposilla con las alas forjadas de diminutos diamantes.

Acomodándose Fernández en el sillón, abrió el libro y después de hojearlo por largo rato leyó así a la luz de la lámpara:

# París, 3 de junio de 189...

La lectura de dos libros que son como una perfecta antítesis de comprensión intuitiva y de incomprensión sistemática del Arte y de la vida, me ha absorbido en estos días: forman el primero mil páginas de pedantescas elucubraciones seudocientíficas, que intituló Degeneración un doctor alemán, Max Nordau, y el segundo, los dos volúmenes del diario, del alma escrita, de María Bashkirtseff, la dulcísima rusa muerta en París, de genio y de tisis, a los veinticuatro años, en un hotel de la calle de Prony.

Como un esquimal miope por un museo de mármoles griegos, lleno de Apolos gloriosos y de Venus inmortalmente bellas, Nordau se pasea por entre las obras maestras que ha producido el espíritu humano en los últimos cincuenta años. Lleva sobre los ojos gruesos lentes de vidrio negro y en la mano una caja llena de tiquetes con los nombres de todas las manías clasificadas y enumeradas por los alienistas modernos. Detiénese al pie de la obra maestra, compara las líneas de ésta con las de su propio ideal de belleza, la encuentra deforme, escoge un nombre que dar a la supuesta enfermedad del artista que la produjo y pega el tiquete clasificativo sobre el mármol augusto y albo. Vistos al través de sus anteojos negros, juzgados de acuerdo con su canon estético, es Rosetti un idiota, Swinburne un degenerado superior, Verlaine, un medroso degenerado, de cráneo asimétrico y cara mongoloide, vagabundo, impulsivo y dipsómano; Tolstoi, un degenerado místico e histérico; Baudelaire, un maniático obsceno; Wagner, el más degenerado de los degenerados, grafónomo, blasfemo y erotómano. ¡Dichoso clasificador de manías que no has sentido la vida y no has encontrado en tu vocabulario técnico la fórmula en qué encerrar las obras maestras de las edades muertas!, oye: ¿eran neurópatas consumados los hombres del Renacimiento, cuyas obras, telas y mármoles y bronces, donde el oro y la sombra de los años acumulan misterio sobre misterio, turban a los sensitivos de hoy con el enigma cautivador de sus líneas y de sus medias tintas? Mira los Cristos dolientes y sombríos, más heridas que carne y más alma que cuerpo, que languidecen entre las sombras de los lienzos del Sodoma; interroga la sonrisa ambigua de las figuras del Vinci; respira el hedor que se desprende de las telas de Valdez Leal; contempla la crueldad refinada y bárbara de las crucifixiones del Españoleto; vuelve tus manos rudas hacia el fondo de los siglos y distribuye tiquetes de clasificación patológica a esos que sintieron y expresaron lo que sienten los hombres de hoy! ¡Oh, grotesco doctor alemán, zoilo de los Homeros que han cantado los dolores y las alegrías de la Psiquis eterna, en este fin de siglo angustioso, tu oscuro nombre está salvado del olvido!...

Tus rudas manos tudescas no alcanzaron a coger en su velo la mariposa de luz que fue el alma de la Bashkirtseff, ni a profanar analizándola, una sola de las páginas del diario. «María Bashkirtseff, escribiste, una degenerada muerta joven, tocada de locura moral, de un principio del delirio de las grandezas y de la persecución y de exaltación erótica morbosa». (*Dégénérescence*, volumen II, página 121). Y escrita la frase en que acumulaste cuatro entidades patológicas para definir una de las almas más vibrantes y más ardientes del tiempo presente, flotó sobre tus labios gruesos deliciosa sonrisa de satisfacción beata y estúpida!

¡Desde el fondo de la sencilla tumba que guarda tus cenizas en el Cementerio de Passy y a donde irán los intelectuales de mañana a cubrir de flores el mármol que conserva tu nombre, desde el fondo del tiempo donde llegarás agrandada por la leyenda, perdona, ¡oh muerta dulcísima! al maniático seudosabio que te inmortalizó juntándote con Wagner y con Ibsen, en la expresión de su desprecio profundo!

Quiere Mauricio Barrés, en las sutiles páginas que intitula «La leyenda de una Cosmopolita», y en que estudia a la Bashkirtseff, darnos de ella, ya que no un retrato definitivo, tres impresiones instantáneas de tres actitudes suyas y nos la presenta adolescente, en las sabanas heladas de Rusia, dejando desarrollarse en sí el vigor espiritual y sensual que animara su vida; en plena juventud, dándole por fondo del retrato los ramajes oscuros, al través de los cuales vibra la música de una orquesta, al caer de la tarde, en un lugar de aguas de Bohemia y, tocada ya por la mano fría de la tisis que le abrillanta los ojos con artificial brillo y le colora las mejillas pálidas con la agitación de la sangre empobrecida, bajo el sol de Niza, sonriente y con el corpiño florecido por diminuto ramo de mimosas y de anémonas. Ninguno de los negativos del ideólogo me satisface. Cierro los ojos y me la forjo así, de acuerdo con las páginas del Diario: Es alta noche... La familia, cansada de las fatigas triviales del día, duerme tranquilamente. Ella, en el cuarto silencioso donde la rodean sus libros predilectos, Spinoza, Fichte, los más sutiles de los poetas, los más acres de los novelistas modernos, acodada sobre el escritorio, cayéndole sobre la masa de cabellos castaños la luz tibia de la lámpara, la cabeza apoyada en la mano pálida, vela y recapitula el día. Se ha levantado a la madrugada, y al correr las persianas del balcón, para procurarse una noche artificial y favorable al estudio, el paso de un grupo de obreros por la calle, llena de la bruma de la madrugada y azotada por la lluvia, la ha hecho enternecerse al pensar en la suerte de esos miserables. Tras de varias horas de lectura de Balzac, en que ha vivido en comunión con aquel genio enorme, el proyecto del cuadro con que sueña, del cuadro que ha de inmortalizarla, la ha hecho ir a Sèvres, donde la espera, el modelo, y allí en el luminoso paisaje de primavera, las manos temblándole de artística fiebre, los ojos bien abiertos para verlo todo, los nervios tendidos para realizar el milagro de trasladar al lienzo la frescura de los renuevos, la tibieza del sol que ilumina el campo, la carne sonrosada del modelo, sobre la cual flotan las diáfanas sombras de las ramas de un durazno en flor; el verde húmedo de la yerba tierna, el morado de las violetas y el amarillo de los renúnculos que esmaltan el prado, el azul del cielo pálido en el horizonte, ha trabajado, olvidada de sí misma, en un frenesí, en una locura de arte, hora tras hora, el día entero. Por la tarde, rendida, desencantada de la pintura hasta el fondo del alma, convencida de que serán vanos todos sus esfuerzos para alcanzar la meta soñada, hubo un instante en que tuvo que contenerse para no rasgar el lienzo en que trabajó con todas sus fuerzas. Un detalle de elegancia le hace olvidar la momentánea angustia. Doucet, el costurero, la espera para ensayarle un vestido de crespón de seda rosado, que tiene por todo adorno una guirnalda de rosas de Bengala, y que han combinado ambos para que, al lucirlo ella en el próximo baile, la concurrencia, al verla atravesar el salón moderno por entre la corrección de los fracs negros y de las blancas pecheras, tenga la ilusión de contemplar sonriente y animada por la vida, la más hermosa de las pinturas de Greuze. ¡Y el vestido la ha entusiasmado! Por una hora se olvida de la artista que es, del filósofo que funciona dentro de ella y que analiza la vida a cada minuto y a quien preocupan los problemas eternos... No, ella no es eso, siente que ha nacido para concentrar en sí todas las gracias y los refinamientos de una civilización, que su papel verdadero, el único a la medida de sus facultades, es el de una Madame Récamier, que su teatro será un salón donde se junten las inteligencias de excepción y de donde irradie la doble luz de las supremas elegancias mundanas y de las más altas especulaciones intelectuales... Los hombres más ilustres del momento serán los huéspedes de ese centro, allí sonreirá suavemente Renán, moviendo la gran cabeza bonachona, con ademán episcopal; Taine vendrá a veces y se dejará oír, un poco absorto por instantes en su incesante pensar, animado otras, preguntando en frases cortas, netas, precisas como fórmulas; Zolá, ventrudo y pálido, contará el plan de su novela futura; Daudet paseará por sobre las obras de arte que destacan sus cartones sobre las viejas tapicerías desteñidas, la mirada curiosa de sus ojos de miope y apoyará en el brocatel de los sillares la enmarañada melena de piferaro; los pintores, Bastien Lepage, el preferido, chiquitín, enérgico, chatico, con su rubia barba de adolescente; Carrolus Durán, con sus aires de espadachín y de tenorio; el Maestro Tony Robert Fleury, el de la dulce fisonomía árabe y los ojos dormidos; los poetas Coppée, Sully Prudhomme, Theuriet, todos ellos serán recibidos allí como en una casa del arte y se sentirán ajonjeados y mimados como por una hermana. Ella tendrá en las manos el cetro, será la Vittoria Colonna de mañana, rodeada por esa corte de pensadores y de artistas...

¡Oh sueños vanos deshechos como bombas de jabón que nacen, se coloran y revientan en el aire!... Al salir de casa de Doucet, la idea de hablar con el médico, que le dice la verdad respecto del mal que la está devorando, se le impone, ¡Se ha sentido tan enferma en los últimos días, han sido tan agudos los dolores que la han atormentado, tan intensa la fiebre que le ha quemado las venas; tan profundo el decaimiento que la ha postrado por horas enteras!... En el silencio grave del salón de consultas el esculapio la ausculta lentamente, golpea, con blandos golpecitos de las yemas de los dedos, las espaldas gráciles, aplica atento el oído sobre la piel tersa como el raso, del busto delicado, y tras del minucioso examen prescribe cáusticos que queman el seno, aplicaciones de yodo que manchan y desfiguran, drogas odiosas, un viaje al Mediodía que equivale a abandonarlo todo, arte, sociedad, placeres y para justificar las prescripciones rígidas y con su frialdad de hombre de ciencia, acostumbrado al dolor ajeno, suelta las frases brutales. Está tísica... el pulmón derecho destrozado por los tubérculos, el izquierdo invadido ya, esa sordera que la atormenta desde hace meses irá aumentando; la tos que la sacude y la lastima, los insomnios atroces que la agotan, todo eso va a crecer, a tomar fuerza, y a dilatarse como las llamaradas de un incendio, a acabar con ella...

¡Que está tísica! Sí, lo siente, lo sabe. Hubo un momento en que al salir de la casa del sabio se abandonó al desaliento y se sintió cerca de la muerte, pero hace dos horas ha olvidado su mal... Por la gran ventana abierta del taller, cercano al cuartico donde está ahora, se veía el cielo nocturno, de un azul profundo y transparente; la luz de la Luna se filtraba por allí e inundaba la penumbra de su sortilegio pacificador. Sentada ella en el piano, al vibrar bajo sus dedos nerviosos el teclado de marfil, se extendía en el aire dormido la música de Beethoven, y en la semioscuridad, evocada por las notas dolientes del nocturno y por una lectura de Hamlet, flotaba pálido y rubio, arrastrado por la melodía como por el agua pérfida del río homicida, el cadáver de Ofelia, Ofelia pálida y rubia, coronada de flores... el cadáver pálido y rubio coronado de flores, llevado por la corriente mansa...

Verdad que hacía dos horas la magia de la música la hizo olvidarse de todo, de sí misma y de la tisis, pero ahora, desvanecido el encanto, sola, sentada frente al escritorio, acodada sobre éste, la luz tibia de la lámpara, cayéndole sobre la masa de cabellos castaños, la cabeza apoyada en la mano delicada, ahora al recapitular el día, la lectura de Balzac, la furia de trabajo artístico en Sèvres, el ensayo del vestido, el sueño de grandeza mundana, los momentos pasados en el piano, todo se borra ante la realidad cruel de la enfermedad que avanza en el gran silencio religioso de la medianoche; la siniestra profecía del hombre de ciencia llena sola, oscura y siniestra como un horizonte nublado, el campo de su visión interior... Morir, Dios mío, morir así tísica a los veintitrés años, al comenzar a vivir, sin haber conocido el amor, única cosa que hace digna a la vida de vivirla, morir sin haber realizado la obra soñada, que salvará el nombre del olvido; morir dejando el mundo, sin haber satisfecho los millones de curiosidades, de deseos, de ambiciones que siente dentro de sí, cuando el conocimiento de seis lenguas vivas, de dos lenguas muertas, de ocho literaturas, de la historia del mundo, de todas las filosofías del arte en todas sus formas, de la ciencia, de las voluptuosidades de la civilización, de todos los lujos del espíritu y del cuerpo, cuando los viajes por toda Europa y la asimilación del alma de seis pueblos, sólo han servido para desear la vida con ardor infinito y concebir planes cuya realización requeriría diez vidas de hombre! ¡Morir así, sintiéndose el embrión de sí mismo, morir cuando se adora la vida, deshacerse, perderse en la sombra! ¡Imposible!...

La idea de la lucha contra el mal la domina ahora... hay que luchar... un año destinado a vencerlo será suficiente. En plena salud más tarde ganará el tiempo perdido; tules diáfanos y blancuras de mimosas y de camelias velarán sobre lo túrgido del seno las manchas de los cáusticos y del yodo, y el cuerpo entero ostentará la coloración suave de la sangre vivificada por el aire tibio y salino del Mediterráneo. ¡Hay que luchar, hay que vivir! Hay que pintar las Santas Mujeres, guardando el sepulcro. La Magdalena sentada, de perfil, el codo apoyado en la rodilla derecha y la barba en la mano, con el ojo átono, como si no viera nada, pegada a la piedra que cierra el sepulcro y con el brazo izquierdo caído en una postura de infinito cansancio. En la actitud de María, de pie, tapándose la cara con la mano, y con los hombros levantados por un sollozo, destacando la silueta oscura sobre el cielo plomizo del crepúsculo, debe adivinarse una explosión de lágrimas, de desesperación, de dejo, de agotamiento definitivo. A lo lejos, entre la semioscuridad de la hora trágica que esfuma los contornos de las cosas, se adivinarán las formas de los que acaban de enterrar al Cristo y sobre el lienzo flotará la atmósfera sombría de un dolor infinito. Hay que pintar; hay que pintar a Margarita, después del encuentro con Fausto, con el seno agitado y los ojos brillantes y las mejillas encendidas por el fuego de amor que le hacen correr por las venas las palabras del gallardo caballero. El cuadro de Sèvres no la satisface; hay que pintar otro en pleno aire como los de Bastien y encerrar en él un paisaje de primavera, donde por sobre una orgía de tonos luminosos, de pálidos rosados, de verdes tiernos, se oigan cantos de pájaros y murmullos cristalinos de agua y se respiren campesinos olores de savia y de nidos; la calle, ese canal de piedra, por donde pasa el río humano, hay que estudiarla, verla bien vista, sentirla, para trasladar a otros lienzos sus aspectos risueños o sombríos, los efectos de niebla y de sol; entre las líneas geométricas de las fachadas, el piso húmedo por la lluvia reciente, los follajes pobres de los árboles que crecen en la atmósfera pesada de la ciudad, y sobre el banco del boulevard exterior, quietas y en posturas de descanso para sorprender en ellas, no el gesto momentáneo de la acción sino el ritmo misterioso y la expresión de la vida, hay que pintar dos chicuelas flacuchas, ajadas por la pobreza y el vicio ancestral y un bohemio grasiento y lamentable con la cara encendida y los ojos encarnados por el uso de venenosos alcoholes, que sigue, melancólicamente, con la mirada turbia y vaga, el humo de la pipa que se está fumando; pero no, ese cuadro por perfecto que sea no será el desiderátum, porque está viciado de canallería moderna, como dice Saint Marceaux, hay que hacer algo grande y noble... Concluidos ésos, será Homero quien da el tema, y se lavará los ojos de toda la vulgaridad de la vida diaria, forjando en un lienzo enorme a Alcinoos y a la Reina, sentados en el trono, en una galería de altas columnas de mármol rosado, rodeados por la Corte, mientras que Nausicaa, apoyada en una de las pilastras, oye a Ulises contarle al Rey sus aventuras interminables y Demodocuos, cuyo canto ha interrumpido el viajero, malhumorado como un poeta a quien no oyen, apoya en las rodillas la lira y vuelve la cabeza para mirar hacia afuera... Hay que pintar eso pero pintarlo de veras, en plena pasta, con una factura potente, rica, sólida donde nadie reconozca una manecita de mujer; hay que pintarlo vívido, caliente, amplio de tal modo que el que vea el cuadro sienta lo que sintió ella al manejar los pinceles y las brochas. ¡Hay tanto que hacer para llegar allá! Todos esos cuadros requieren estudios previos, composiciones complicadas, preparación de detalles y querría estarlos haciendo ya, haberlos hecho, no perder un minuto... Hay tanto que hacer y la vida es tan corta... Los proyectos de escultura la fascinan porque la escultura es honrada y no engaña al ojo con los colores, ni admite farsas ni tapujos... Modelará todo lo que sueña: moribunda de amor y de tristeza, caída sobre las arenas de la playa al ver huir en el horizonte la vela del barco que lleva a Teseo, una Ariadna con el pecho lleno de sollozos; luego un bajo relieve colosal con seis figuras sorprendidas en actitudes llenas de gracia, y las esculturas serán tales que Saint Marceaux mismo se entusiasme, y las pinturas tendrán tal arte que el jurado imbécil no podrá menos de darle la primera medalla, en un salón próximo. ¡Ah! la medalla, cómo la ha deseado, cómo la desea desde hace tiempo, cómo la ha perseguido, cómo la ve en sus sueños; la medalla la hará comprender que hizo bien en consagrarse a la pintura, que no se ha equivocado, que es alguien, que puede amar, pensar, vivir como viven todos, tranquila, sin atormentarse con tantas ambiciones. Cuando se la den podrá vivir como todo el mundo, y entonces sus fuerzas, dirigidas en otro sentido la llevarán lejos, muy lejos, se abandonará a la delicia de sentir, la dominará una pasión profunda por un hombre superior que la entienda, irá a respirar por temporadas el aire perfumado y tibio de Niza, de San Remo, de Sorrento, volverá a España, a Toledo, a Burgos, a Córdoba, a Sevilla, cuyos nombres ennoblecen con sólo pronunciarlos, a Granada, a embelesarse con las policromías de las arquitecturas árabes, con los follajes frescos de los laureles rosa y de los castaños gigantes, con lo azul del cielo; a Venecia, donde sube hacia el firmamento, por entre ruinosos palacios de mármol, una fiebre sutil de los canales verdosos, a ver la melancólica fiesta que son las pinturas de Tiépolo; a Milán, donde sonríen las creaciones del Vinci y a Roma, sobre todo, a Roma, la ciudad madre, la metrópoli, el único lugar

Al ponerse el Sol tras de las cúpulas de la Basílica, centro de la cristiandad, alumbra las huellas del arte de hace veinticinco siglos, la complicación de la vida moderna más fastuosa y más amplia y sugiere a las almas pensativas la fórmula de lo que será la sensibilidad de mañana.

¡Ah! Dios mío, y Rusia, Rusia, la madre, la patria, la tierra del nihilismo, y de los zares, con su semicivilización tan diferente de la civilización latina, sus costumbres peculiares, su pueblo supersticioso y medio salvaje, su aristocracia gozadora; su arte propio y su singular literatura; Rusia la reclama: irá a Petersburgo, donde la recibirá la Corte, a Moscú, a Kieff, la ciudad santa, llena de catedrales y conventos; volverá a respirar en los campos solariegos el aire que en la niñez le infundió la fiebre que la anima, y esos múltiples viajes, esas experiencias casi opuestas de la vida los alternará con las temporadas de París, en el salón aquel lleno de hombres de genio; con días distribuidos entre las fiestas mundanas, donde seducirá a todos su elegancia, y la lectura de filósofos y la audición de las músicas de Haendel y de Beethoven y la continuación de sus estudios, de otros estudios nuevos con que sueña, sociología, política, lenguas orientales, historia y literatura de pueblos que no conoce bien y cuya alma se asimilará para agrandar su visión del universo. Vivirá así y todo eso lo hará con todos sus nervios, con toda su alma, con todo su ser, arrancándole a cada sensación, a cada idea, un máximo de vibraciones profundas!

Ahora un desfallecimiento interior la embarga; ha sentido una picada ahí, en el punto que el médico le mostró como foco de la enfermedad que la devora y el punzante dolor vuelve a traerla a la realidad... ¡Ah!, sí, la tos, el sudor, el insomnio, los cáusticos, las unturas de yodo, el viaje al mediodía, el aniquilamiento... la muerte... el fin, todo eso está cerca. ¿Y Dios, en dónde está si la deja morir así, en plena vida, sintiendo esa exuberancia de fuerzas, esos entusiasmos locos por verlo todo, por sentirlo todo, por comprender el Universo, su obra?... ¿Dios, en dónde está si la deja morir así, después de haber sido buena, después de no haber hablado nunca mal de nadie, ni proferido una queja por las amarguras que le han tocado en suerte, de haber derramado a su alrededor el oro para enjugar lágrimas, después de regalar su esmeralda favorita para distraer a alguien, que no la quiere, de un sufrimiento de un instante?... ¿Después de haber llorado por los dolores ajenos, de haber llevado su piedad hasta querer a los animales humildes? Si existe, si es la bondad suprema, ¿por qué la mata así, a los veintitrés años antes de vivir y cuando quiere vivir?... ¿Dónde está el buen Dios, el Padre Eterno de las criaturas?... ¡Ah! no existe. Spinoza, se lo ha enseñado, las lecturas científicas, le han mostrado el universo como una eterna reunión de átomos, regida, desde los millones de soles que arden en el fondo del infinito hasta el centro misterioso de la conciencia humana, por leyes oscuras e inconmovibles, que no revelan una voluntad suprema tendiente al bien... sí, un torbellino de átomos en que las formas surgen, se acentúan, se llena, se deshacen para volver a la Tierra y renacer en otras formas que morirán a su vez arrastradas por la eterna corriente... No. Eso no puede ser. Ella no es atea, ella quiere creer, ella cree. La Biblia contiene las palabras que calman y confortan; los versos del Salmo XCI, «Te cubrirá con sus alas poderosas; en seguridad estarás bajo su abrigo», le cantan en la memoria; el Salvador, con la cabeza aureolada y los brazos abiertos camina ahora sobre las agitadas olas negras del océano de sus pensamientos y dice las palabras suaves que le derraman en el alma una divina paz inefable: «Bienaventurados los que tengan hambre y sed de justicia porque ellos serán hartos...». Y desfalleciente ella de mística emoción, mentalmente se prosterna a los pies del Divino Maestro...

Súbita asociación de ideas fórjase en su cerebro y esa dulce imagen huye disipada por el recuerdo de las obras de Renán y de Strauss, en que éstos, con su análisis de concienzudos exégetas, muestran al Cristo al través de los textos interpretados con rígido criterio, no como al Hombre Dios, encarnado para purgar los pecados del mundo, sino como la más alta expresión de la bondad humana. Los libros de crítica y de historia religiosa que he leído allí mismo en el silencio de ese gabinetico de estudio donde está sentada ahora, ahuyentan al divino fantasma del consolador de los hombres... No hay a quién invocar en los momentos de desesperante angustia... y la muerte viene, la muerte está cerca. Un sudor frío le moja las sienes, el cansancio la dobla, y en la claridad fría y difusa del amanecer que se filtra por los cristales y va atenuando, atenuando la luz tibia de la lámpara que alumbró la velada pensativa, siente un escalofrío que la obliga a levantarse, a absorber dos cucharadas de jarabe de opio para conciliar el sueño por una hora y a amontonar sobre el catre de bronce dorado los blandos edredones forrados en suave seda, para devolverle calor a su cuerpecito endeble, minado por la tisis, que dormirá ahora, en el tibio nido por breve espacio, y para siempre, dentro de unos meses, en el fondo de la tumba, bajo el césped húmedo del cementerio!...

Mañana estará levantada desde temprano, se sonreirá al contemplar en el espejo su tez aterciopelada y rósea como un durazno maduro, los grandes ojos castaños que se sonríen al mirar; la espesa cabellera que le cae sobre los hombros de graciosa curva, y ebria de vida, y hambrienta de sentir comenzará el día, lleno de las mismas fiebres, de los mismos sueños, de los mismos esfuerzos y de los mismos desalientos de la víspera.

Es así como la he visto al leer el Diario. Esa es la composición del lugar, que para proceder de acuerdo con los métodos exaltantes de Loyola, el sutil psicólogo, he hecho para sentir todo el encanto de aquella a quien Mauricio Barrés propone que veneremos bajo la advocación adorable de Nuestra Señora del Perpetuo Deseo... Jamás figura alguna de virgen, soñada por un poeta, Ofelia, Julieta, Virginia, Graziella, Evangelina, María, me ha parecido más ideal ni más tocante que la de la maravillosa criatura que os dejó su alma escrita en los dos volúmenes que están abiertos ahora, sobre mi mesa de trabajo y sobre cuyas páginas cae, al través de las cortinas de gasa japonesa que velan los vidrios del balcón, la diáfana luz de esta fresca mañana de verano parisiense...

Si es cierto que el artista expresa en su obra sueños que en cerebros menos poderosos, confusos, existen latentes; y que por eso, sólo por eso, porque las líneas del bronce, los colores del cuadro, la música del poema, las notas de la partición, realzan, pintan, expresan, cantan, lo que habríamos dicho si hubiéramos sido capaces de decirlo, el amor que a la Bashkirtseff profesamos algunos de hoy, tiene como causa verdadera e íntima que ese Diario, en que escribió su vida, es un espejo fiel de nuestras conciencias y de nuestra sensibilidad exacerbada. ¿Por qué has de simpatizar tú con la muerta adorable a quien Barrés venera y a quien amamos unos cuantos, ¡oh! grotesco doctor Max Nordau, si tu fe en la ciencia miope ha suprimido en ti el sentido del misterio; si tu espíritu sin curiosidades no se apasiona por las formas más opuestas de la vida; si tus rudimentarios sentidos no requieren los refinamientos supremos de las sensaciones raras y penetrantes?... ¿Qué hay de extraño en cambio en que un hombre a quien las veinticuatro horas del día y de la noche no le alcanzan para sentir la vida, porque querría sentirlo y saberlo todo, y que, situado en el centro de la civilización europea, sueña con un París más grande, más hermoso, más rico, más perverso, más sabio, más sensual y más místico, se entusiasme con aquella que llevó en sí una actividad violenta y una sensibilidad rayana en el desequilibrio?...

Hay frases del Diario de la rusa que traducen tan sinceramente mis emociones, mis ambiciones y mis sueños, mi vida entera, que no habría podido jamás encontrar yo mismo fórmulas más netas para anotar mis impresiones.

Escribe después de una lectura de Kant:

«No sé por dónde comenzar, ni a quién ni cómo preguntárselo, y me quedo así, estúpida, maravillada, sin saber para dónde coger y viendo por todos lados tesoros de interés: historias de pueblos, lenguas, ciencias, toda la Tierra, todo lo que no conozco; yo que querría verlo, conocerlo y aprenderlo todo junto».

Escribe seis meses antes de morir:

«Me parece que nadie adora todo como yo; lo adoro todo: las artes, la música, los libros, la sociedad, los vestidos, el lujo, el ruido, el silencio, la tristeza, la melancolía, la risa, el amor, el frío, el calor; todas las estaciones, todos los estados atmosféricos, las sabanas heladas de Rusia y los montes de los alrededores de Nápoles; la nieve en invierno, las lluvias de otoño, la alegría y las locuras de la primavera, los tranquilos días del verano y sus noches consteladas, todo eso lo admiro y lo adoro. Todo toma a mis ojos interesantes y sublimes aspectos, querría verlo, tenerlo, abrazarlo, besarlo todo, y confundida con todo, morir, no importa cuándo, dentro de dos o dentro de treinta años, morir en un éxtasis para sentir el último misterio, el fin de todo o ese principio de una vida nueva. Para ser feliz necesito TODO, el resto no me basta!...».

¡Feliz tú, muerta ideal que llevaste del Universo una visión intelectual y artística y a quien el amor por la belleza y el pudor femenino impidieron que el entusiasmo por la vida y las curiosidades insaciables se complicaran con sensuales fiebres de goce, con la mórbida curiosidad del mal y del pecado, con la villanía de los cálculos y de las combinaciones que harán venir a las manos y acumularán en el fondo de los cofres el oro, esa alma de la vida moderna! ¡Feliz tú que encerraste en los límites de un cuadro la obra de arte soñada y diste en un libro la esencia de tu alma, si se te compara con el fanático tuyo que a los veintiséis años, al escribir estas líneas, siente dentro de sí, bullir y hervir millares de contradictorios impulsos encaminados a un solo fin, el mismo tuyo: poseerlo TODO; feliz tú admirable Nuestra Señora del Perpetuo Deseo!

Después de haber creído por algún tiempo que el universo tenía por objeto producir de cuando en cuando, un poeta que lo cantara en impecables estrofas, y a los pocos meses de haber publicado un tomo de poesías «Los primeros versos», que me procuró ridículos triunfos de vanidad literaria y dos aventuras amorosas que infatuaron mis veinte años, la intimidad profunda que trabé con Serrano y su alta superioridad intelectual y su pasión por la filosofía, cambiaron el rumbo de mi vida. Fue un año inolvidable, aquel en que, desprendido de toda preocupación material, libre de toda idea de goce, de todo compromiso mundano, los días y las noches huyeron, divididos entre los largos paseos matinales por la avenida de pinos de la Universidad, la lectura de los filósofos de todas las edades, al mediodía, en la biblioteca silenciosa donde sólo se oía el voltear de las páginas, tornadas por las manos de los estudiantes, y las noches pasadas en el aposento silencioso del más noble de los amigos, disertando con él sobre los más apasionadores problemas que pueden solicitar al espíritu humano! ¡Tranquilidad de los nervios apaciguados por el régimen calmante y por el aislamiento, conversaciones en que los nombres de Platón, de Epicuro, de Empédocles, de Santo Tomás, de Spinoza, de Kant y de Fichte mezclados a los de los pensadores de hoy, Wündt, Spencer, Madsley, Renan, Taine, irradiaban como estrellas fijas sobre la majestad negra del cielo nocturno; vértigo de la inteligencia que, desprendida del cuerpo inquiere las leyes del ser; noble vida de pensador, en que la única figura de mujer que pasaba por mi imaginación como depurada de sensualidad por las altas especulaciones intelectuales, era la de la abuela, con sus largas guedejas de plata cayéndole sobre las sienes y su perfil semejante al de la Santa Ana del Vinci, cuán lejos estáis del vértigo y del frenesí gozador de mi vida de hoy! La muerte repentina de Serrano, la llegada de mi mayor edad, la necesidad de administrar una fortuna cuantiosa y situada en valores fácilmente aumentables dieron fin a aquel período casi monástico de vida. Devuelto al torbellino del mundo, dueño de un caudal enorme para la vida de mi tierra natal, bulléndome en las venas los instintos, animado por la rabia de acción de los Andrade; suelto, libre, sin padre, sin madre ni hermanos, recibido y cortejado dondequiera, lleno de aspiraciones encontradas y violentas, poseído de una pasión loca por el lujo en todas sus formas, fui el Alcibíades ridículo de aquella sociedad que me abrió paso como a un conquistador. ¡Años de locura y de acción en que comenzaron a elaborarse dentro de mí los planes que hoy me dominan, en que la comprimida sensualidad reventó como brote vigoroso bajo el sol de primavera, en que las pasiones intelectuales comenzaron a crecer y con ellas la curiosidad infinita del mal; soplo de la suerte que me hizo conservar la fortuna heredada sin que el fabuloso derroche alcanzara a disminuirla, ambiciones que haciéndome encontrar estrecho el campo y vulgares las aventuras femeninas y mezquinos los negocios, me forzasteis a dejar la Tierra, donde era quizás el momento de visar a la altura, y venir a convertirme en el *rastaquoere* ridículo, en el *snob* grotesco que en algunos momentos me siento! ¡Vanidad que te solazas al leer el suelto en que el *Gil Blas* anuncia que el *richissime* Américain don Joseph Fernández y Andrade compró tal cuadrito de Raffaeli, y te hinchas como un pavo real que abre la verdeléctrica cola constelada de ojos, cuando al rodar la victoria de la Orloff, al paso rítmico de la pareja de moros por la Avenida de las Acacias, entre la bruma vaga que envuelve el Bosque a las seis de la tarde, algún gomoso zute, murmura fascinado por la elegancia de los caballos o la excentricidad del vestido de la *impure* y le dice al compañero: —...*Tiens, regarde, ma vieille! Epatante la maitresse du poete!*... debes estar satisfecha, Vanidad!...

Sí, ésa es la vida, cazar con los nobles, más brutos y más lerdos que los campesinos de mi tierra, galopando vestido con un casacón rojo, tras del alazán del Duque chocho y obtuso; vestirse con otro casacón blanco, con un chaleco de seda bordado de colores y con medias y zapatos femeninos para hacer piruetas de maromeros y grotescos dengues al poner el cotillón en casa de Madame la Princesse Tres Estrellas; acompañar a la novicia recién casada que quiere ponerse al corriente, a casa de costureras y modistas, para dirigirle la hechura de los vestidos que no podría escoger sola; perder una hora conversando con el camisero para sugerirle la idea de una pechera de batista plegada y rizada y cinco minutos escogiendo la flor rara que debe adornar la solapa del frac; sí, vanidad, satisfácete, ¡ésa es la vida y son ésas las ocupaciones del hombre que pasó su vigésimo año leyendo a Platón y a Spinoza!

Es ridículo. Escribo e involuntariamente cedo a mis exageraciones. Esa no es toda mi vida. Junto a ese mundano fatuo está el otro yo, el adorador del arte y de la ciencia que ha juntado ya ochenta lienzos y cuatrocientos cartones y aguas—fuertes de los primeros pintores antiguos y modernos, milagrosas medallas, inapreciables bronces, mármoles, porcelanas y tapices, ediciones inverosímiles de sus autores predilectos, tiradas en papeles especiales y empastadas en maravillosos cueros de Oriente; el adorador de la ciencia que se ha pasados dos meses enteros yendo diariamente a los laboratorios de psicofísica; el maniático de filosofía que sigue las conferencias de La Sorbona y de la Escuela de Altos Estudios, y cerca de ese yo intelectual funciona el otro, el yo sensual que especula con éxito en la Bolsa, el gastrónomo de las cenas fastuosas, dueño de una musculatura de atleta, de los caballos fogosos y violentos, de Lelia Orloff, de las pedrerías dignas de un rajá o de una emperatriz, de los mobiliarios en que los tapiceros han agotado su arte, de los vinos de treinta años que infunden vigor nuevo y calientan la sangre; y por encima de todo eso está un analista que ve claro en sí mismo y que lleva sus contradictorios impulsos múltiples, armado de una voluntad de hierro, como llevaban los cocheros dóricos los cuatro caballos de la cuadriga en las carreras de las Olimpiadas!

Y estás satisfecho, Pangloss, me pregunta ahora la voz interior que habla en las horas de análisis íntimo... No, jamás, esa vida que a tantos les parecería increíble por su intensidad no sirve sino para excitar mis deseos de vivir... Más! todo! grita el Monstruo que llevo por dentro... No eres nadie, no eres un santo, no eres un bandido, no eres un creador, un artista que fije sus sueños con los colores, con el bronce, con las palabras o con los sonidos; no eres un sabio, no eres un hombre siquiera, eres un muñeco borracho de sangre y de fuerza que se sienta a escribir necedades... Ese obrero que pasa por la calle con su blusa azul lavada por la mujercita cariñosa y que tiene las manos ásperas por el trabajo duro, vale más que tú porque quiere a alguien, y el anarquista que guillotinaron antier porque lanzó una bomba que reventó un edificio, vale más que tú porque realizó una idea que se había encarnado en él! Eres un miserable que gasta diez minutos en pulirse las uñas como una cortesana y un inútil hinchado de orgullo monstruoso!... ¡Oh! un plan a qué consagrar la vida, bueno o malo, no importa, sublime o infame, pero un plan que no sean los que tengo hoy, ni la casa de comercio en Nueva York para especular en grande y doblar mi fortuna, ni el viaje alrededor del mundo para almacenar sensaciones e ideas, ni la vida en el archipiélago para pescar perlas que me den más oro; no, un plan que no se refiera a mí mismo, que me saque de mí, que me lleve como un huracán, sin sentirme vivir!...

# BÂLE, 23 DE JUNIO

De la tarde de ayer sólo me quedan dos sensaciones, el puño de la camisa empapado en sangre y la orla negra de la carta; de la noche el ruido del tren al cruzar la sombra... A estas horas debe de haber muerto y la policía estará buscándome. Me hice inscribir en el registro del hotel con el nombre de Juan Simónides, griego, agente viajero, para despistarla... ¡Del estado en que estoy a la locura no hay más que un paso! Marinoni debe telegrafiarme hoy mismo y del hotel mandarán el telegrama a Whyl, donde voy a esconderme en una hostería a dos kilómetros del pueblecito!

Frente de la hoja de papel en que escribo está el telegrama de Marinoni desplegado. Lo he leído veinte veces y he necesitado dos horas de reflexión para despertarme de la sangrienta pesadilla. «Puede volver, dice, la policía ignora todo. Ella ayer, perfectamente, en el Bosque, con un vestido nuevo. Comió en buena compañía en la Cascada. Felicitaciones sinceras». ¿Dónde fue la herida entonces, si no dejó huella?... Siento todavía el calor de la sangre en la mano y ahí en la maleta de viaje está la camisa con el puño empapado en sangre.

# Al día siguiente

La escena brutal, la idea del asesinato, la huida, la angustia, me habían impedido leer, entendiéndola, la carta de Emilia. Sólo comprendía que había muerto la viejecita, lo único que me quedaba de familia verdadera sobre la Tierra y sentía como un peso que me oprimiera el pecho, como un nudo en la garganta y como una negrura en el alma, pero los detalles de la muerte los ignoraba, como si no los hubiera leído. Quiero copiar la carta, aquí para encontrarla más tarde, dentro de unos años al releer este diario maldito, y revivir las horas singulares de estos días en que esa impresión noble se mezcló con la angustia de un crimen. Dicen así los renglones trazados en el papel de gruesa orla negra por la mano débil de Emilia:

«Mi carta del primero te decía que tu abuelita estaba extremadamente débil y que había tenido varios vértigos en los últimos días. La situación se agravó desde la noche del 2. El doctor Álvarez, a quien mandé llamar a pesar de que ella se opuso, la obligó a guardar la cama desde ese día y me hizo saber que era inútil todo esfuerzo para salvarla por ser lo que estábamos viendo el fin de la enfermedad, tal como lo había previsto desde hacía años. Se limitó a prescribir quietud completa y una poción narcótica. Sin insinuación de nadie mandó llamar ella al Arzobispo, quien era su confesor, como recuerdas, y después de confesar recibió la comunión con su fervor acostumbrado. En los días que precedieron a la muerte no recibió a nadie, con excepción del Prelado, y me habló continuamente de ti, con más amor que nunca y de la muerte que esperaba con tranquilidad absoluta. El ocho por la noche comenzó un delirio extraño, sin fiebre, precursor del fin, en que divagó continuamente alternando sus oraciones preferidas con extrañas frases referentes a ti. "¡Señor, sálvalo, sálvalo del crimen que lo empuja, sálvalo de la locura que lo arrastra, sálvalo del infierno que lo reclama. Por tu agonía en el huerto, y por tu corona de espinas, por tus sudores de sangre y por la hiel de la esponja, sálvalo del crimen, sálvalo de la locura, sálvalo del infierno!...", decía agitándose sobre las almohadas... "Lo vas a salvar: míralo bueno, míralo santo. ¡Benditos sean la señal de la cruz hecha por la mano de la Virgen, y el ramo de rosas que caen en su noche como signo de salvación! ¡Está salvado! ¡Míralo bueno, míralo santo! Benditos sean". Una expresión de beatitud suave reemplazó en la cara fina la angustia de antes y adormecida, la respiración estertorosa, devolvió a Dios el alma. Perdóname si te doy estos dolorosos detalles de la agonía. Te conozco y sé que te harán sufrir pero que quieres saberlos.

Murió como una santa, como había vivido. A la estancia mortuoria sólo entramos don Francisco Cordovez, el doctor Álvarez, el Arzobispo y yo. El Prelado estuvo largo tiempo arrodillado cerca del féretro. Para mí la velada mortuoria fue una impresión mística superior a todas las que he sentido en mi vida. Estaba segura de que aquel cadáver era el de una santa de la raza de las Mónicas, y que su alma había recibido ya el premio de la existencia sin mancha. La expresión del cadáver, de la cabeza fina con las facciones como depuradas por la muerte, enmarcada por la blancura de las canas que parecían de nieve a la luz de los cirios, era de una serenidad infinita. Desde el fondo de los cuadros de Vázquez que adornan la alcoba, los santos sus amigos parecían contemplarla, sacando la cabeza del lienzo y saliéndose de entre el oro desteñido de los antiguos marcos españoles. Esa noche pasada al lado de la santa muerta me dará valor para sufrir todos los males de la vida con la esperanza de morir así.

44

El cadáver ocupa la bóveda central en el monumento de la familia, cerca a tu padre. La casa está cerrada y en su alcoba, a tu vuelta, si algún día vuelves, encontrarás todavía el olor de los cirios mortuorios, pues la llave no saldrá de mis manos mientras viva.

Tu pena es la mía. Te acompaño con todo mi corazón y a Dios y a la Santa que hoy vela por ti en el cielo les pido por tu felicidad con todo el fervor de mi cariño por ti. Emilia...».

¡Mi felicidad... Dios mío! Qué fácil que las líneas anteriores las leyera en una prisión, detenido por haber asesinado a una de las hetairas de más renombre de la Babilonia moderna... ¡Ah!, ¡la impresión que me ha causado la lectura de esa carta el mismo día en que debí cometer un crimen, en que lo cometí casi! La santa muerta, allá en la alcoba tendida de antiguo damasco oscuro y yo el mismo día en que supe su muerte, huyendo como un asesino, ¡después de haber querido matar a una mujer indefensa!

La vi por primera vez, oyendo la música sobrehumana de las Walkirias, en un palco de la Opera. Había llegado de Viena la víspera. El fondo carmesí de la pared del palco realzaba la pureza de su perfil de Diana Cazadora como un estuche de raso rojo el oriente de una perla sin tacha; entre los cabellos de un rubio pálido, en los lóbulos de las orejas diminutas, alrededor de las muñecas redondas y finas y sobre el corpiño bajo de gasa verde pálida que dejaba medio desnudo el seno, brillaban, ardían, las diáfanas esmeraldas de mi tierra, las luminosas esmeraldas de Muzo.

La expresión soñadora de la cabeza rubia, la palidez dorada de la tez, el color del aéreo vestido, el brillo de aquellas joyas de reina la hacían semejar más que una mujer de carne y hueso una aparición irreal, ondina habitadora de las profundidades de un lago o Willy salida del fondo negro y misterioso de las florestas. La cabalgata de las Walkirias poblaba el aire, la sobrehumana música llenaba la sala con sus sobrehumanas vibraciones y ella, como subyugada por la insistencia de mis ojos que la devoraban desde el palco, volvió a mirarme. La primera mirada, lenta y penetrante como un beso columbino, me hizo correr un escalofrío de voluptuosidad por la espalda... Tres días después era mía.

Esa delicada criatura ataviada e idealizada por proveedores artistas fue el ídolo de estos seis últimos meses. ¡Oh, las primeras noches de delicia sensual en el amplio lecho profundo, dorado y ornamentado como un altar; la palidez ambarina, las líneas perfectas, el olor a magnolia, el vello de oro sedoso de aquel cuerpo de veinte años, extendido en voluptuosas posturas sobre las sábanas de raso negro! ¡Oh, las caricias lentas, sabias e insinuantes de aquellas manos delgadas y nerviosas; la lascivia de aquellos labios que modulaban los besos como una cantatriz de genio modula las notas de una frase musical; ¡oh!, el refinamiento de sensualidad, la furia del goce, la gravedad casi religiosa de todos los minutos consagrados al amor, como si en vez de tener de él la miserable noción moderna que lo relega al dominio de lo inmundo lo sintiera ella grave y noble y como una función augusta. Así debieron de amar las sacerdotisas de la Afrodita que creían en su Diosa y consideraban sagrado el Acto.

A los quince días de la primera noche sabía ya qué extraña mistificación era aquella criatura y la comprendía menos que antes, a pesar de eso. Se llamaba María Legendre, el otro era el nombre de guerra. El padre y la madre vivían en una callejuela de Batignolles, él, zapatero de viejo, brutal y alcoholizado; ella, una pobre mujer, delgaducha, pálida, de aire enfermizo, a quien sacudía el marido cada vez que bebía más de lo necesario. Criaban dos hijas más, insignificantes. ¿Por qué misterio ésta había ido a dar cuatro años antes de que yo la encontrara a manos de un ex presidente de la república sudamericana, que arrojado de su tierra por una de esas revoluciones que constituyen nuestro sport predilecto, llegó a París desbordante de oro y de color local, en busca de seguridad y de placeres y la colmó de regalos en un año?... ¿El Duque ruso que de paso por París vivió más tiempo en la alcoba de ella que en otros lugares y la llevó luego a Petersburgo, de donde volvió rebautizada con apellido de princesa y dueña de las esmeraldas fabulosas y del collar de diamantes, fue quien le educó los sentidos y despertó en ella ese sensualismo sibarítico, que me sedujo desde el primer momento como una fascinación, o su educador fue más bien el perverso poeta italiano de quien se enamoró locamente y a quien colmó de regalos, sin que el vate famélico y complaciente protestara contra aquel papel equívoco de favorito pagado?... No lo sé, ni me importa saberlo, ni lo sabré nunca. La encontré instalada en un departamento pequeño, cuyos balcones miraban sobre el parque Monceau, amueblado con un refinamiento de gusto inverosímil en una mujer aun nacida sobre las gradas de un trono.

La salita con las paredes tendidas de una sedería japonesa, amarilla como una naranja madura, y con bordados de oro y de plata hechos a mano, amueblada sobriamente con muebles que habrían satisfecho las exquisiteces del esteta más exigente; la alcoba tapizada de antiguos brocateles de iglesias, desteñidos por el tiempo; con su mobiliario auténtico del siglo XVI y el cuarto de baño, donde lucía una tina de cristal opalescente como los vidrios de Venecia, junto a las mesas de tocador, todas de cristal y de níquel, sobre la decoración pompeyana de las paredes y del piso, sugerían la idea de que algún poeta que se hubiera consagrado a las artes decorativas, un Walter Crane o un William Morris, por ejemplo, hubiera dirigido la instalación, detalle por detalle.

Al visitarla la primera vez comprendí claramente que ninguna noción estética había determinado la escogencia de todo eso; que lo tenía porque le había gustado como a otras les gustan la felpa rosada, las terracotas de a seis francos, las oleografías y las flores de trapo, y cuando por exigencia suya comí en su departamento, lo suculento de las viandas, lo inédito de las salsas y lo añejo de los vinos me hizo ver que poseía aquellos primores de la industria artística, solamente porque necesitaba como cosa corriente y a cualquier precio sensaciones profundas y finas. ¿Pero de dónde diablos había sacado aquella aristocracia de los nervios, más rara quizás que las de la sangre y la inteligencia, ella la hija de un zapatero mugriento?... Enigma insoluble... El té que bebía en frágiles tazas chinas, dignas de una vitrina de museo, era té de caravana comprado a precio absurdo y sostenía ingenuamente que era el menos malo que había encontrado en París; tomaba el único café libre de toda sofisticación que he bebido en Europa; vivía quejándose de la mesa y al proponerle que fuéramos a comer en algunos de los restaurantes afamados, hacía una mueca de asco, como si en todos ellos juntos no se pudiera encontrar un beefsteak devorable; cultivaba con pasión la manía de los encajes antiguos y los amontonaba sin usarlos en el enorme armario de maderas olorosas, perfumado por Guerlain con aromáticas yerbas, en donde amontonadas en pilas simétricas y enormes, deslumbraban el ojo las blancas batistas de sus ropas íntimas, y lo acariciaban los pálidos matices de las camisas de dormir, frágiles como telarañas, de las enaguas bordadas como pañuelos de baile y de los calzones de seda olorosos a iris de Florencia y franjiponia.

En su boca de fresa la frase aquella de la princesita al oír los aullidos del pueblo pidiendo pan: ¿Si no tienen pan, por qué no comen bizcochos?... parecería natural; el lujo es su elemento como el agua el de los peces, pero un lujo como inconsciente e ingénito...

—Tú estudias... ¿cierto?..., me preguntaba una tarde, tendidos ambos en el diván turco del saloncito de la izquierda... ¿Para qué, dime?... añadió ingenuamente.. Para saber..., le contesté sorprendido... Y qué sacas con saber, añadió besándome, la vida no es para saber, es para gozar. Goza, gozar es mejor que pensar, añadió con acento de convicción íntima.

Y parece que yo hubiera aceptado su filosofía, a juzgar por mis últimos meses, en que no he abierto un libro y he abandonado el griego y el ruso y los estudios de gramática comparada y los planes de mis poemas, y los negocios, para vivir preocupado sólo de placeres, de sport, de fiestas, de esgrima, en una incesante cacería de sensaciones... Me estaba ahogando por falta de aire intelectual, acostumbrado al silencio que forma también parte de la naturaleza de Lelia, porque en días enteros de estar juntos no atravesaba una palabra, hundiéndome lentamente en una atonía intelectual increíble... ¡Oh, la Circe que cambia los hombres en cerdos!... En los minutos de lucidez me sentía agonizar entre la materia como el Emperador arrojado a las letrinas por el pueblo romano.

La primera vez que encontré a la de Roberto en casa de Lelia, la monstruosa sospecha se me clavó en la imaginación. Alta, huesosa, delgada, los ojos ardientes, el seno sin relieve, calzada y vestida con estilo masculino y con algo hombruno en toda ella, en el bozo que le sombrea el labio delgado, en los ademanes bruscos, en la voz de modulaciones graves, la italiana me fue odiosa sólo al verla... ¿Quién es? ¿Por qué la tratas? le pregunté a la Orlof... Porque me gusta, contestó y se encerró en el silencio de siempre. Una tarde, al entrar, las lámparas no estaban encendidas y el salón se adormecía en la oscuridad del crepúsculo. Oí en uno de los rincones oscuros un cuchicheo, y antes de encender una cerilla pasó rozándome un bulto y salió a la antecámara. Lelia al ver luz se incorporó en el diván donde estaba recostada... ¿Quién salió de aquí?, pregunté nervioso, Angela de Roberto, ¿no es cierto?... Sí..., contestó con su tranquilidad inalterable... ¿Y por qué la recibes, si sabes que me es odiosa?, dije sin poderme contener... Porque me gusta; contestó, volviendo a encerrarse en su silencio enigmático, y la noche que siguió a esa tarde fue una de las más deliciosas noches de mi vida...

El 22 por la tarde me fui a verla, a pedirle una taza de té y a llevarle una miniatura encantadora, montada por Bassot, en un círculo de diminutas perlas rosadas. Me abrió la camarera, y al verme hizo una mueca extraña, de burla, de alegría, de miedo, un gesto extravagante que me lo sugirió todo. Al hacer saltar la puerta de la alcoba que se deshizo al primer empujón brutal, y cedió rompiéndose, un doble grito de terror me sonó en los oídos y antes de que ninguna de las dos pudiera desenlazarse, había alzado con un impulso de loco duplicado por la ira, el grupo infame, lo había tirado al suelo, sobre la piel de oso negro que está al pie del lecho, y lo golpeaba furiosamente con todas mis fuerzas, arrancando gritos y blasfemias, con las manos violentas con los tacones de las botas, como quien aplasta una culebra. No sé cómo saqué de la vaina de cuero el puñalito toledano damasquinado y cincelado como una joya que llevo siempre conmigo y lo enterré dos veces en la carne blanda; sentí la mano empapada en sangre tibia, envainé el arma, bajé en dos saltos la escalera oyendo los gritos y me metí en un fiacre dándole al cochero las señas del escritorio de Miranda.

De ahí, después de pedirle una suma al cajero y de recoger mi correspondencia llegada una hora antes, fui a mi hotel para que Francisco arreglara un saco de viaje, salí en otro coche pedido por el conserje y llegué a la estación a tomar el tren, el primero que saliera, para cualquier parte... Tomé el que me trajo a Bâle, donde dormí, y desde el día siguiente estoy aquí, donde, con una angustia suprema, he esperado el telegrama de Marimoni, que tengo abierto frente a la página que escribo... En fin, no he matado a nadie, fue un rasguño, ayer estaba comiendo en el Restaurante de la Cascada, y ¡respiro!...

Ahora analizo fríamente. ¿Por qué cometí esa brutalidad digna de un carretero e intenté un asesinato de que me salvó el tamaño del puñal que es más bien una joya que un arma, yo el libertino curioso de los pecados raros que ha tratado de ver en la vida real, con voluptuoso diletantismo, las más extrañas prácticas, inventadas por la depravación humana, yo el poeta de las decadencias que ha cantado a Safo la lesbiana y los amores de Adriano y Antinoo en estrofas cinceladas como piedras preciosas? ¿Celos? Sería grotesco... ¿Odio por lo anormal?... No, puesto que lo anormal me fascina como una prueba de rebeldía del hombre contra el instinto... ¿Entonces?... Fue un movimiento irrazonado, un impulso ciego, inconsciente, como el que una tarde del otoño pasado me hizo insultar sin motivo al diplomático alemán que me habían presentado diez días antes, dando ocasión para un duelo estúpido en la frontera belga y para que Marinoni me creyera loco.

Encontré un nido donde esconderme a pensar, una casucha de madera tosca, habitada por una pareja de viejos campesinos. Es un sitio inaccesible donde no llegan turistas, una garganta salvaje de monte, llena del ruido de un torrente que se vuelve niebla al rodar entre enormes pedregones negros y sombreado por pinos y castaños altísimos. He escrito a París pidiendo que me manden a Interlaken una multitud de cosas que me hacen falta, y voy mañana a treparme a mi picacho sin llevar más libros que unos estudios de prehistoria americana, escritos por un alemán y unos tratados de botánica. Siento una emoción rara al pensar en mi escondite.

El viejo y la vieja dueños de la casa no han estado nunca en ninguna ciudad ni saben leer ni escribir; me miran como un animal raro, y sólo me dirigen la palabra para decirme buenos días y buenas noches. No pudiendo comer su comida me alimento con la leche de unas vacas que tienen en una explanada vecina. Mi cuarto, el cuarto de don José Fernández, *le richissime américain*, tiene por mobiliario una cama en que no se acostaría por ninguna suma el último de mis criados parisienses, una mesa tosca en que escribo y un enorme platón de madera, que por la mañana me llenan de agua helada, cogida en el torrente para bañarme. Todo eso, por fortuna, más aseado que lo de los mejores hoteles del mundo, probablemente. Las sábanas gruesas de la cama huelen a campo y los muebles relucen como acabados de barnizar. En estos cinco días no se me ha pasado por la cabeza una imagen voluptuosa, no he sentido ningún deseo y me he emborrachado de aire y de ideas.

A la madrugada me levanto y tras del baño helado y la leche que tiene todavía la tibieza de la ubre, trepo por entre la bruma gris penetrada de luz, donde los accidentes de la montaña se ven apenas como sombras azulosas, hasta una colina que domina el paisaje. Es un mar de vapores blancos que se va iluminando, iluminando, hasta que los rayos del Sol lo deshacen y muestran el paisaje envuelto en brumas suaves, que flotan como jirones de un velo de novia, sobre el azul de las montañas lejanas, sobre las verduras de los valles y en último término sobre la blancura de plata de un nevado, allá en el horizonte... Luego se va precisando todo, el cielo se azula, se deshace la niebla, los tonos se acentúan, se hacen más intensas las verduras, se ve lo negro o lo rojizo de tal cual roca desnuda. Sólo se oyen los cantos de los pájaros y el ruido sordo y ahogado del torrente que muge en su cauce de piedras. El aire tiene un olor vegetal y es ralo, ligero... Tendido en la altura, sobre la manta que me acompaña en todos mis viajes, me dejo invadir por la sensación penetrante y profunda de frescura que se desprende de todo aquello. Miro a mi alrededor y en primer término, cerca de la verdura amarillenta y aérea de un grupo de sauces, diviso el viejo molino cuya gran rueda, al girar contra lo negro del paredón enmohecido por la humedad, convierte el chorro de agua que la mueve en hilos y gotas de cristal transparente e impalpable vapor, mientras que las golondrinas que anidan en los aleros y los huecos del edificio vetusto entrecruzan sobre él los amplios semicírculos y encontrados zigzags de su incesante y nervioso revoloteo. Pasa a los pies del molino el camino de cabras que trepa a la cima y en rápida curva se oculta tras de los primeros contrafuertes de la montaña que son a esa hora, vistos desde donde estoy, una masa de negruzca neblina argentada, rizada por los verdes matorrales que se destacan sobre el segundo contrafuerte cuya confusa masa de detalles esfuma la niebla velándolos. Allá a lo lejos, la oscuridad azulosa de los montes del fondo, con sus perfiles de puntiagudos picachos y denteladas rocas que se cortan oscuras en un ángulo de anfractuosas sinuosidades sobre el diáfano azul pálido del cielo y la blancura deslumbrante de las nubes matinales.

Vuelvo los ojos hacia abajo y veo el valle con lo verdoso de su alfombra vegetal, sobre la cual flota un poco de niebla, manchado aquí y allá con las masas oscuras de los matorrales y de los grupos de árboles, cruzado por las líneas delgadas y amarillentas de los caminos, por los hilos negros de la ferrovía y por el plateado zigzag del torrente que lo atraviesa; y en un recodo de la hondonada, al pie de la montaña diviso los techos, la cúpula de la iglesia y el cementerio del pueblecito, medio oculto por la oscuridad verdosa del follaje, y al frente, en el horizonte donde la niebla interpuesta vuelve a borrar los detalles, las ondulaciones de los perfiles y la confusa masa azulosa de otra cordillera, que abriéndose en irregular brecha, muestra en el fondo la cegadora blancura inmaculada de un ventisquero.

La naturaleza, pero la naturaleza contemplada así, sin que una voz humana interrumpa el diálogo que con el alma pensativa que la escucha entabla ella, con las voces de sus aguas, de sus follajes, de sus vientos, con la eterna poesía de las luces y de las sombras. Cuando aislado así de todo vínculo humano, la oigo y la siento, me pierdo en ella como en una nirvana divina. Una noche en medio del Atlántico, sentado en la popa del buque donde dormían ya los pasajeros, tranquilo, sin preocupación personal ninguna, me abandoné como lo he hecho estas mañanas a su misterioso sortilegio y a la fascinadora orgía que es para mí contemplarla. No había luna. El buque era una masa negra que huía en la sombra. El mar calmado y el cielo de un azul sombrío y purísimo se confundían en el horizonte; las constelaciones y los planetas resplandecían en el fondo del azul infinito: el hervidero de soles de la Vía Láctea era un camino de luz pálida en la inmensidad negra y abajo la estela que dejaba el barco era otra vía láctea, donde entre la fosforescencia verde—azulosa ardía sutil polvo de diamantes. En la primera hora de quietud pensativa volvieron a mi mente escenas del pasado, fantasmas de los años muertos, recuerdos de lecturas remotas; luego lo particular cedió a lo universal; algunas ideas generales, como una teoría de musas que llevaran en las manos las fórmulas del universo, desfilaron por el campo de mi visión interior. Luego cuatro entidades grandiosas, el Amor, el Arte, la Muerte, la Ciencia, surgieron en mi imaginación, poblaron solas las sombras del paisaje, visiones inmensas suspendidas entre dos infinitos del agua y del cielo; luego aquellas últimas expresiones de lo humano se fundieron en la inmensidad negra y olvidado de mí mismo, de la vida, de la muerte, el espectáculo sublime entró en mi ser por decirlo así y me dispersé en la bóveda constelada, en el océano tranquilo, como confundido en ellos en un éxtasis panteísta de adoración sublime. Instantes inolvidables cuya descripción se resiste a todo esfuerzo de la palabra! La luz de la madrugada que destiñó el brillo de las estrellas y le devolvió al mar su glauca coloración mareante, me hizo volver a las realidades de la vida.

Ya que no éxtasis de esos, producidos por la grandiosidad de la escena, sí he sentido por momentos bajar sobre mi espíritu una suprema paz en las horas pasadas en el picacho a donde subo. El plan que reclamaba el fin único a que consagrar la vida me ha aparecido, claro y preciso como una fórmula matemática. Para realizarlo necesito un esfuerzo de cada minuto por años enteros, una voluntad de hierro que no ceda un instante. Más o menos será éste. Tengo que aumentar al doble o al triple de lo que vale hoy mi fortuna para comenzar. Si la comisión de ingenieros, mandada de Londres por Morrel & Blundell, da un dictamen favorable, sobre las minas de oro que tengo casi negociadas con ellos y que en la mortuoria de mi padre se avaluaron en una suma insignificante, las minas me darán al vendérselas varios millones de francos. Deben los ingleses cablegrafiar a París, de un momento a otro y los Mirandas me avisarán por telégrafo a Ginebra, donde iré a pasar el mes de agosto. Hecha esa operación trasladaré a Nueva York todo mi capital y fundaré con Carrillo la casa para llevar a cabo los negocios que tiene él pensados. Tras de Carrillo están los Astor, los millonarios que no han dado un paso en falso desde que comenzaron a negociar y en manos de él mi oro trabajará por mí, mientras me consagro en alma y cuerpo a recorrer los Estados Unidos, a estudiar el engranaje de la civilización norteamericana, a indagar los porqués del desarrollo fabuloso de aquella tierra de la energía y a ver qué puede aprovecharse, como lección, para ensayarlo luego, en mi experiencia. Desde Nueva York iré por temporadas a Panamá a dirigir en persona las pesquerías de perlas, que darán al explotar los bancos desconocidos hasta hoy, maravillas como las que produjeron cuando Pedrarias Dávila remitió a los Reyes de España la que remata la Corona Real. Todo el oro que esas explotaciones produzcan y lo que hoy poseo estará listo para el momento en que regrese a mi tierra, no a la capital sino a los estados, a las provincias que recorreré una por una, indagando sus necesidades, estudiando los cultivos adecuados al suelo, las vías de comunicación posibles, las riquezas naturales, la índole de los habitantes, todo esto acompañado de un cuerpo de ingenieros y de sabios que serán para mis compatriotas, ingleses que viajan en busca de orquídeas. Pasaré unos meses entre las tribus salvajes, desconocidas para todos allá y que me aparecen como un elemento aprovechable para la civilización por su vigor violento las unas, por su indolencia dejativa las otras.

Luego me instalaré en la capital e intrigaré con todas mis fuerzas y a empujones entraré en la política para lograr un puestecillo cualquiera, de esos que se consiguen en nuestras tierras sudamericanas por la amistad con el presidente. En dos años de consagración y de incesante estudio habré ideado un plan de finanzas racional, que es la base de todo gobierno y conoceré a fondo la administración en todos sus detalles. El país es rico, formidablemente rico y tiene recursos inexplotados, es cuestión de habilidad, de simple cálculo, de ciencia pura, resolver los problemas actuales. En un ministerio, logrado con mis dineros y mis influencias puestas en juego, podré mostrar algo de lo que se puede hacer cuando hay voluntad. De ahí a organizar un centro donde se recluten los civilizados de todos los partidos para formar un partido nuevo, distante de todo fanatismo político o religioso, un partido de civilizados que crean en la ciencia y pongan su esfuerzo al servicio de la gran idea, hay un paso. De ahí a la presidencia de la república previa la necesaria propaganda, hecha por diez periódicos que denuncien abusos anteriores, previas promesas de contratos, de puestos brillantes, de grandes mejoras materiales, otro... Eso por las buenas. Si la situación no permite esos platonismos, como desde ahora lo presumo, hay que recurrir a los resortes supremos para excitar al pueblo a la guerra, a los medios que nos procura el gobierno con su falso liberalismo para provocar una poderosa reacción conservadora, aprovechar la libertad de imprenta ilimitada que otorga la Constitución actual, para denunciar los robos y los abusos del gobierno general y de los estados, a la influencia del clero perseguido para levantar las masas fanáticas, al orgullo de la vieja aristocracia conservadora lastimada por la oclocracia de los últimos años, al egoísmo de los ricos, a la necesidad que siente ya el país de un orden de cosas estables; proceder a la americana del sur y tras de una guerra en que sucumban unos cuantos miles de indios infelices, hay que asaltar el poder, espada en mano y fundar una tiranía, en los primeros años apoyada en un ejército formidable y en la carencia de límites del poder y que se transformará en poco tiempo en una dictadura con su nueva constitución suficientemente elástica para que permita prevenir las revueltas de forma republicana por supuesto, que son los nombres lo que les importa a los pueblos, con sus periodistas de la oposición presos cada quince días, sus destierros de los jefes contrarios, sus confiscaciones de los bienes enemigos y sus sesiones tempestuosas de las Cámaras disueltas a bayonetazos, todo el juego.

Este camino que me parece el más práctico, puesto que es el más brutal, requiere, para tomarlo, otros estudios que haré con placer, cediendo a la atracción que sobre mi espíritu han ejercido siempre los triunfos de la fuerza. ¡Con qué placer os estudiaré, monstruosas máquinas de guerra, cuyo acero donde estalla la mezcla explosiva, derrama la lluvia de proyectiles en el campo enemigo y siembra la muerte en las filas destrozadas; granadas de fulminantes picratos y que al estallar reducíais los piafantes caballos y los cuerpos de los jinetes a informes despojos sangrientos; cómo inquiriré los secretos de vuestra estrategia, las sutilezas de vuestra táctica, sombras de monstruos a quienes la humanidad degradada venera, legendarios Molochs, Alejandros, Césares, Aníbales, Bonapartes, al pie de cuyos altares enrojece el suelo la hecatombe humana y humea como un incienso el humo de las batallas!

¡Oh! qué delicia la de escribir, después de instalar un gobierno de fuerza, grande y buen amigo, al acreditar los respectivos plenipotenciarios que pedirán su reconocimiento ante todos los presidentes de todas las republiquitas a la americana del centro o del sur donde las cosas se hacen así y de pensar que en virtud de un plan elaborado con la frialdad con que se resuelve la incógnita de una ecuación, llegó uno al puesto que ambiciona con el fin de modificar un pueblo y elevarlo y verificar en él una vasta experiencia de sociología experimental. Ningún esfuerzo me parecerá excesivo para coronar la altura que representa sólo la posibilidad de comenzar a obrar ampliamente.

En esa lejanía están los años decisivos, en que todo habrá de ser energía y acción. Equilibrados los presupuestos por medio de sabias medidas económicas: disminución de los derechos aduaneros, que a la larga, facilitando enormes introducciones duplicará la renta; supresión de los inútiles empleos, reorganización de los impuestos sobre bases científicas, economía de todo género; a los pocos años el país es rico y para resolver sus actuales problemas económicos, basta un esfuerzo de orden; llegará el día en que el actual déficit de los balances, sea un superávit que se transforme en carreteras, en ferrocarriles indispensables para el desarrollo de la industria, en puentes que crucen los ríos torrentosos, en todos los medios de comunicación de que carecemos hoy, y cuya falta sujeta a la patria, como una cadena de hierro y la condena a inacción lamentable.

Esos serán los años de aprovechar los estudios previos, verificados por los sabios y los ingenieros que la recorrieron años antes pagados con mi oro. En aquellos climas que van desde el calor de Madagascar, en los hondos valles equinocciales, hasta el frío de Siberia, en los luminosos páramos donde blanquea la nieve perpetua, surgirán, incitados por mis agentes y estimulados por las primas de explotación, todos los cultivos que enriquecen, desde el banano cantado por Bello en su oda divina hasta los líquenes que cubren las glaciales rocas polares; todas las crías de animales útiles desde los avestruces que pueblan las ardientes llanuras de Africa, hasta los rengíferos del polo. Innumerables rebaños pastarán en las fecundas dehesas, doblaránse bajo el peso de los racimos cárdenos, las ramas de los cafetos; en perspectivas regulares donde el ojo se pierde en el crepúsculo verde producido por la sombra del guamo protector, ágil trepará la vainilla por los troncos disformes de los cauchos, colgando de sus frágiles bejucos sus aromáticas urnas y en las serranías abruptas el platino y el oro, la plata y el iridio, brillarán ante los ojos del minero, tras de la excavación fatigosa y el complicado laboreo del mineral nativo.

Dudoso de mis propias aptitudes, por grandes que sean los estudios que haya hecho para ese entonces, llamaré economistas de fama europea y consultaré los más grandes estadistas del mundo para proceder acorde con ellos al arbitrar las medidas que coronarán la obra.

Ideadas y planteadas éstas se hará conocer la tierra nueva y desbordante de riqueza en los mercados europeos gracias a agentes fiscales que los recorran y a los esfuerzos de una diplomacia sagaz, ampliamente renteada y escogida entre la flor y nata de los talentos nacionales. Los bonos depreciados antes serán una inversión tan segura como los consolidados ingleses y colosales empréstitos lanzados por los Hutk y los Rothschild y suscritos en condiciones favorables, permitirán completar los resultados perseguidos en la constante labor. La inmigración atraída por el precio mínimo a que se harán las adjudicaciones de baldíos en los territorios hoy desiertos, afluirá como un río de hombres, como un Amazonas cuyas ondas fueran cabezas humanas y mezcladas con las razas indígenas, con los antiguos dueños del suelo que hoy vegetan sumidos en oscuridad miserable, con las tribus salvajes, cuya fiereza y gallardía nativas serán potente elemento de vitalidad, poblará hasta los últimos rincones desiertos, labrará el campo, explotará las minas, traerá industrias nuevas, todas las industrias humanas. Para atraer esa inmigración civilizada, colosales steamers de compañías subvencionadas por el gobierno con sumas que permitan reducir a un mínimo, suprimir casi el costo del pasaje, cruzarán el Atlántico e irán a recoger a los tripulantes, ansiosos de nueva vida, en los puertos de la vieja Europa, de donde el hambre los arrojan, en los del Japón y China, países desbordantes de población hambreada y en las amplias radas de la península índica de donde el nativo pobre, el paria desheredado, el bengalí de dulzura casi femenina, emigrarán ansiosos de una patria nueva, para no sentir en la espalda el látigo inglés que los flagela!

Monstruosas fábricas donde aquellos infelices encuentren trabajo y pan nublarán en ese entonces con el humo denso de sus chimeneas el azul profundo de los cielos que cobijan nuestros paisajes tropicales; vibrará en los llanos el grito metálico de las locomotoras que cruzan los rieles comunicando las ciudades y los pueblecillos nacidos donde quince años antes fueron las estaciones de madera tosca y donde, a la hora en que escribo, entre lo enmarañado de la selva virgen extienden sus ramas seculares las colosales ceibas, entrelazadas de lianas que trepan por ellas como serpientes, y sombrean el suelo pantanoso, nido de reptiles y de fiebres; como una red aérea los hilos del telégrafo y del teléfono agitados por la idea se extenderán por el aire; cortarán la dormida corriente de las grandes arterias de los caudalosos y lentos ríos navegables, a cuya orilla crecerán los cacaotales frondosos, blancos y rápidos vapores que anulen las distancias y lleven al mar los cargamentos de frutos y convertidos éstos en oro en los mercados del mundo, volverán a la tierra que los produjo a multiplicar, en progresión geométrica, sus fuerzas gigantescas.

¡Luz! ¡Más luz!... Las últimas palabras del poeta sublime de *Fausto* serán el lema del pueblo que así emprende el camino del progreso. La instrucción pública atendida con especial empeño y propagada por todos los medios posibles —desde el kindergarten donde los chicuelos aprenden a deletrear entre las rosas, hasta las grandes universidades en que los sabios de ochenta años, encanecidos sobre los instrumentos de observación, se entregan a las más audaces especulaciones que solicitan el pensamiento humano—, levantará al pueblo a una altura intelectual y moral superior a la de los más avanzados de Europa. Libre el país de los pavorosos problemas que minan las viejas sociedades europeas y estallan en ellas en alaridos nihilistas y reventar de bombas, mirará tranquilo hacia el futuro.

La capital transformada a golpes de pica y de millones —como transformó el Barón Haussman a París— recibirá al extranjero adornada con todas las flores de sus jardines y las verduras de sus parques, le ofrecerá en amplios hoteles refinamientos de confort que le permitan forjarse la ilusión de no haber abandonado el risueño *home* y ostentará ante él —en la perspectiva de anchas avenidas y verdeantes plazoletas— las estatuas de sus grandes hombres, el orgullo de sus palacios de mármol, la grandeza melancólica de los viejos edificios de la época colonial, el esplendor de teatros, circos y deslumbrantes vitrinas de almacenes, bibliotecas y librerías que junten en sus estantes los libros europeos y americanos ofrecerán nobles placeres a su inteligencia y como flor de esos progresos materiales podrá contemplar el desarrollo de un arte, de una ciencia, de una novela que tengan sabor netamente nacional y de una poesía que cante las viejas leyendas aborígenes, la gloriosa epopeya de las guerras de emancipación, las bellezas naturales y el porvenir glorioso de la tierra regenerada.

Establecer una dictadura conservadora como la de García Moreno en el Ecuador o la de Cabrera en Guatemala y pensar que bajo ese régimen sombrío con oscuridades de mazmorra y negruras de inquisición, se verifique el milagro de la transformación con que sueño, parece absurdo a primera vista. No lo es si se medita. Está cansado el país de peroratas demagógicas y falsas libertades escritas en la carta constitucional y violadas todos los días en la práctica y ansía una fórmula política más clara, prefiere ya el grito de un dictador de quien sabe que procederá de acuerdo con sus amenazas, a las platónicas promesas de respeto por la ley burladas al día siguiente. El éxito de la enorme empresa depende de la habilidad con que, al normalizarse la situación, después del triunfo, se inicien las modificaciones que lentamente cambiarán la situación del partido vencido y le permitirán volver a la escena política aleccionado por la ruda lección de la derrota y por los primeros años de régimen estrecho en que sus conductores comprendan lo inútil de la lucha a mano armada. Soñarán entonces en transacciones que les permitan escalar puestos secundarios o vociferarán contra los abusos cometidos, pero sus discursos no encontrarán eco porque el pueblo sentirá ya las ventajas del nuevo régimen. El desarrollo industrial absorberá parte de las fuerzas que antes producían hondas perturbaciones al agitarse en la política y las concesiones, paulatinamente otorgadas, irán atrayéndole al gobierno la opinión de la juventud, desengañada de los viejos ideales y el apoyo de los capitalistas de todos los bandos, que desean seguridad y bienestar. A cada progreso realizado en el orden material, a cada derecho respetado, corresponderán las filas opuestas con un movimiento que las acerque y permitan nuevas concesiones y a la larga, serenados los ánimos y desaparecidos de la escena los antiguos caudillos llenos de ideas exageradas, cuya presencia en ella, impedía devolver la elasticidad necesaria al juego del organismo social, una oposición moderada, apenas viable, porque no tendrá abusos que denunciar ni reclamos que alzar a lo alto como banderas de guerra, establecerá un equilibrio casi perfecto entre las exigencias de los más avanzados y la prudencia previsiva de los más retrógrados.

Lento aprendizaje de la civilización por un pueblo niño, que al traducirse en mi cerebro en una imagen plástica y casi grotesca por la reducción, me haces pensar en los gateos del chiquitín que balbucea sílabas informes; en las andaderas que le impiden caer al ensayar los primeros pasos, en los pinitos que hace entre una silla y una mesa, en el cuarto que atraviesa, apoyándose en los muebles, en las caminadas de a diez metros que sorprenden a la mamá sonriente, hasta que el músculo endurecido por el ejercicio y el vigor de los nervios le permiten caminar colgado de la mano de la nodriza!... Las piernecitas que apenas lo sostienen, tendrán más tarde tendones y músculos y osatura formidable con que oprima los ijares del caballo fogoso en que cruce la llanura y las manos pequeñas llenas de sonrosados hoyuelos, cuyos dedillos sostenían con dificultad el juguete preferido, alzarán la azada para labrar el suelo de la patria y la espada para defenderlo!...

Veo mentalmente la transformación del país en los personajes que me acompañarán en cada época y en cada escena de la tarea, desde la entrada a la capital, a sangre y fuego, entre el estallido de las bombas y las descargas de la fusilería del ejército vencedor, mandado por lo más selecto de la aristocracia conservadora, mis primos los Monteverde, atléticos, brutales y fascinadores, improvisados generales en los campos de batalla, debido a sus audacias de salvajes; los viejos jefes encanecidos en el servicio, el general Castro y los dos Valderrama, por ejemplo, hasta el día en que estos vejetes venerables y estorbosos para mi plan duerman tranquilos en la tumba junto con los jefes civiles del partido vencido, que sesentones y tiritando de miedo presenciaron el triunfo cruento el día en que se implantó la dictadura. Los que eran en ese entonces mozuelos insulsos, convertidos los unos en ventrudos ministros de Estado y los otros en flacos periodistas de la oposición, se darán cuenta, en esa época distante a donde llega mi imaginación, de que los problemas que a sus padres les parecieron insolubles, se resolvieron casi de por sí al fundar un gobierno estable y darles ocupación a los vagos, al cultivar la tierra y al tender rieles que facilitarán el desarrollo del país.

En ese entonces, desprendido del poder que quedará en manos seguras, retirado en una casa de campo rodeada de jardines y de bosques de palmas, desde donde se divise en lontananza el azul del mar y no lejos la cúpula de alguna capilla sombreada por oscuros follajes, saciado ya de lo humano y contemplando desde lejos mi obra, releeré a los filósofos y a los poetas favoritos, escribiré singulares estrofas envueltas en brumas de misticismo y pobladas de visiones apocalípticas que contrastando de extraña manera con los versos llenos de lujuria y de fuego que forjé a los veinte años, harán soñar abundantemente a los poetas venideros. En ellos pondré, como en un vaso sagrado, el supremo elixir que las múltiples experiencias de los hombres y de la vida, hayan depositado en el fondo de mi alma ardiente y tenebrosa.

Llevaré allí la existencia desencantada y dulcísima de un don Pedro II desposeído del trono, que lee a Renán en las tardes de meditación. Depurado mi ser de todo sentimiento humano e inaccesible a toda emoción que no venga de alguna verdad, desconocida de los hombres y entrevista por mí, en el apaciguamiento de la vejez y con la serenidad que dan los sueños realizados, al morir, nada más, sobre mi cadáver todavía tibio, comenzará a formarse la leyenda que me haga aparecer como un monstruoso problema de psicológica complicación ante las generaciones del futuro.

Mientras no haya realizado siquiera la primera parte de ese plan no dormiré tranquilo. Que es grande... Más grande era el de Bolívar al jurar la libertad de un continente en la falda del Montepincio, el de Bonaparte cuando encerrado a los veinte años en el cuartico de Dôle, pobre militarcillo desconocido, soñaba en cambiar la faz de Europa y en repartir tronos a sus hermanos como quien reparte un puñado de monedas.

—Yo estaba loco cuando escribí esto, no Sáenz, exclamó Fernández, interrumpiendo la lectura, dirigiéndose al médico y sonriéndole amistosamente...

—Es la única vez que has estado en tu juicio, contestó Sáenz con frialdad.

—Me habían ocurrido todas las cosas posibles e imposibles respecto de ti, menos ésta, que alguna vez se te hubieran ocurrido semejantes barrabasadas! Tú, presidente de la república, qué degradación para ti, soltó Rovira con acento indignado. Tú de presidente de la república...

—Dime, ¿las ventas de las minas, los negocios en Nueva York y las pesquerías de perlas te dieron los resultados que esperabas? José, preguntó Luis Cordovez con aire meditabundo.

—Superiores a lo que esperaba, respondió el poeta...

—Y entonces qué te detuvo, di, ¿qué te detuvo para hacer eso que habrías podido hacer y que era grande, enorme? preguntó Cordovez con su entusiasmo de siempre.

—Los pasteles trufados de hígado de ganso, el champaña seco, los tintos tibios, las mujeres ojiverdes, las japonerías y la chifladura literaria, contestó Oscar Sáenz con displicencia, desde su sillón perdido en la sombra.

—Eres más psicólogo que fisiólogo, respondió Fernández.

—Y tú eres un chiflado porque habiendo concebido eso hace ocho años, nos lo estás leyendo aquí ahora, en vez de haberlo realizado de parte a parte...

El té servido por Francisco, el criado viejo que acompañó al poeta desde que lo vio nacer, interrumpió la lectura por unos instantes.

—¡Tres tazas de té has bebido, tres tazas!, le gritó Sáenz a Fernández, sin poderse contener al verlo llenar por tercera vez la frágil tacita de porcelana y agitar el aromático licor con la cucharilla. ¡Fernández, sigue!, dijeron en coro Cordovez, Sáenz y Pérez, mientras que Juan Rovira se levantaba para despedirse diciendo...

—Soy una bestia... Nadie te quiere como yo. Me encanto al oír a los inteligentes recitar tus versos y llamarte gran poeta; de repente se me antoja oírte leer algo como esta noche; pongo toda la atención que Dios me dio, y mi palabra de honor que me quedo a oscuras de la mayor parte de lo que oigo... ¡Qué tiene que ver todo eso que nos has leído, con el nombre de la quinta, con el cuadro de la galería ni con la marca de los libros empastados en cuero blanco!... Soy una bestia... Mañana te mandaré las parásitas que llegaron hoy del cafetal.

—¿Las *odontoglosum*?..., preguntó Fernández, usando el

nombre técnico de la planta por hábito adquirido al hablar de botánica con el inglés que cuida el invernáculo.

—No entiendo eso, las que querías, mandaron un mundo... Mañana las tendrás... Y después de apretar las manos de los amigos, en la suya grande, dura y tostada, salió refunfuñando entre dientes. Decididamente no entiendo nada de eso, ¡soy una bestia!...

—¡José, sigue!, dijo Cordovez con impaciencia al ver caer la *portiere* roja sobre las espaldas del gigante.

Y Fernández leyó así a la luz de la lámpara:

# Interlaken, 25 de julio

Borracho de ideas y cansado de pensar salí de mi escondite hace ocho días a gastar las fuerzas que la quietud, los baños helados y el ejercicio habían acumulado en mí, y desde esa mañana hasta esta noche ha sido una orgía de movimiento incesante, de paisajes recorridos, de escaladas vertiginosas de montañas y de incansables caminadas por valles frescos llenos de verdura nueva. ¡Neveras, ventisqueros, altas cimas donde el pulmón se llena de aire purísimo, los ojos de claridades imprevistas, el cerebro de grandiosas ideas; donde la sangre se vivifica y se enriquece mejor que con la higiene más cuidadosa observada en una ciudad! Nunca experimentada sensación de vigor ardiente y de fuerza muscular inagotable que gastar en nuevos ejercicios, me ha hecho sentir todo el vigor que encierra mi cuerpo a pesar del que he derrochado en los últimos meses, y en todos los momentos he meditado en los pormenores de mi plan. Ni un deseo, ni una imagen sensual me han perseguido; las tentaciones enfermizas se respiran con el olor de cocina y de perfumería, de polvos de arroz y de mujer que flotan en el aire, cargado de efluvios de lascivia y de gérmenes de enfermedades mentales, de la Babilonia moderna.

¡Naturaleza, bendita seas!

... ¡Tus espectáculos vistos en soledad completa, sin oír una voz humana que turbe nuestra meditación, son como un bromuro eficaz y calmante para las almas insomnes!

Antier estaba en un ventisquero, todo blanco, claro, diáfano el suelo, las lejanías llenas de niebla, donde reverberaba el sol matinal, el cielo luminoso. Los guías se habían quedado atrás. Destapé el frasco plano, lleno de chartreuse verde que llevaba en la cintura y sorbí un trago largo que me quemó el paladar con el sabor de las plantas aromáticas diluidas en el alcohol sutil, y me hizo correr calor por todo el cuerpo helado por el ambiente glacial. Pensé en la Orloff, en las sábanas de raso negro sobre las cuales extiende las curvas del cuerpo ambarino perfumado de magnolia; en la tina de cristal rosado llena de agua tibia que se opaliza con los vinagres aromáticos preparados por Lubin, y al sentirme libre de sortilegio carnal, en que viví envuelto por seis meses, solté una carcajada, una carcajada vibrante y poderosa que resonó como un disparo en el silencio blanco del ventisquero; una carcajada de salvaje, después de que ha roto en mil pedazos el fetiche que lo asustaba. ¡Adiós, sensualidades de bizantino, a vivir vida de hombre!

# Interlaken, 26 de julio

¡El conjunto cosmopolita de estas mesas redondas de los grandes hoteles y los contrastes disparatados de todas ellas! El menú francés parece un exotismo dada la composición heterogénea de la del Hotel Victoria, donde vivo... ¡Oh, personajes que me divertís al observaros y dais a mi imaginación fantaseadora ocasión de forjarme vuestra vida mientras engullo los manjares; grueso agente viajero alemán, oloroso a cerveza, que cuentas tus groseras aventuras de taberna y de burdel, entremezclándolas de carcajadas sonoras; gomoso parisiense, corbateado de rosa, de los zapatos y los bigotes puntiagudos y de la inteligencia roma, que estropeas lamentablemente los términos de sport ingleses al adaptarlos a tus pronunciaciones guturales; español cuyo perfil regular y cerdoso bigote negro van precedidos de inevitable pitillo infecto y que a todas horas sigues con ojos de lujuria a la criada suiza coloradota y fresca; brasileños amarillosos y enclenques, que exhibís inverosímiles diamantes pajizos montados en los botones de la camisa, y tiritáis de frío como oistitís del trópico en las noches invernales de Londres; aventurero ruso de la rizada barba castaña que sientes la nostalgia de la ruleta y las carpetas verdes de Montecarlo; viejas inglesas, secas unas veces como sarmientos, desbordantes otras como informes paquetes de carne linfática, que recorréis la Europa entera, con el Baedeker en una mano y la Biblia en la otra, pronunciando el mismo beautiful, beautiful charming, quite charming, ante los fiords glaciales de Noruega, los nevados y los lagos azules de la Suiza heroica, los ardientes sitios de Castilla la Vieja, llenos de nobles fiebres y los paisajes sonrosados del litoral del Mediterráneo; viejas que atravesáis los países que os atraen bebiendo el mismo té tibio, devorando los mismos asados sanguinolentos y escribiendo en vuestra clara cursiva las mismas cartas de diez hojas, con las espalda vuelta a paisajes adorables; canonesa alemana de los catorce cuarteles en el escudo, que paseas por sobre la asistencia la insípida mirada incomprensiva de tus ojuelos grises y melancólicos; pareja de renteros franceses a quienes alguna agencia de viajes traslada de lugar en lugar para que admiréis sin comprenderlos, los sitios y los edificios designados por la guía Johanne a vuestros entusiasmos de inofensivo turismo; honorable Mr. Woodding, que haciendo propaganda por cuenta de la secta trinitaria, con un ejemplar de los evangelios debajo del brazo, azotas con los faldones de tu larga levita negra, las madreselvas florecidas por la primavera y paseas tu prole —las cuatro chiquitinas rubias que parecen salidas de un álbum de Kate Greenway— por todos los caminos planos de cerca a todos los hoteles donde cuesta la asistencia diez francos por día; enorme conde valaco o rumano de la melena rizada a la caracalla y de los ojos bovinos y apagados; príncipe italiano, cuyo palacio secular, donde habitaron tus antepasados gloriosos, vendieron los acreedores cansados de cobrarte; ¡oh, muestras de la calidad corriente de la especie humana, fabricadas de prisa por el Gran Hacedor, sin hinchazones de músculos y sin afinamientos de nervios, lectores de Ohnet, adoradores de Gaboriau y de Montepin que consideráis como lo supremo del arte los cuadros en que sonríen las venus de pomada rosada pintadas por Bouguereau, que os pasmáis oyendo las musiquillas italianas de hace treinta años y las idiotas pornografías de los cafés—conciertos y a quienes dejan fríos las dulces ingenuidades de los pintores prerrafaelistas, las sutilezas del arte japonés, las grandiosas sinfonías de Wagner, los dolorosos personajes que atraviesan la sombra gris de las novelas de Dostoievski, las extraterrestres creaciones de Poe; admiradores de lo mediocre y de lo fácil a quienes Max Nordau presentaría como prototipos del perfecto equilibrio, todos vosotros engullís la misma sopa de fideos cosmopolita, los mismos asados sospechosos, rociados con el mismo Medoc químico, absorbéis la misma compota de negras ciruelas pasas con que los amables propietarios de los hoteles suizos nutren vuestras hermosas personas en las temporadas de veraneo! ¡Leves os sean esos manjares indigestos y conviértanse en sangre de vuestra sangre y en hueso de vuestros huesos y ayude a peptonizarlos y a facilitar vuestras difíciles digestiones la acción de gracias que articulan los labios enjutos y la bendición que esparcen en el aire los dedos flacos del abate Pazavillini, sentado a la cabecera de la mesa, en que lucen ahora el queso de Camembert de coloración cadavérica, el Roquefort delicuescente y la decocción de chicoria amarga con que creyendo que absorbéis el café aromático, el licor de Voltaire y de Balzac, finalizáis vuestros pantagruélicos almuerzos!

Europa sería mucho mejor sin los europeos.

# Interlaken, 5 de agosto, por la noche

Nini Rousset, la divetta de un teatro bufo del Boulevard, Nini Rousset, la que vestida con una guirnalda de hojas de parra enloqueció una sala de prostitutas y de vividores, exhibiendo desnudas las curvas de estatua y las frescuras túrgidas de su cuerpo de Venus, en una revista del año pasado, Nini Rousset a quien mandé ramos de gardenias y un par de diamantes sin lograr más que una mueca de burla y una frase grosera el día en que quise hacerla mía, Nini Rousset por quien habría dado un mes de vida antes de tropezar con la Orloff, acaba de salir de mi cuarto, dejándome en él su olor de Chypre y en los nervios la vibración de una violenta sacudida de placer. Llegó hace una hora, con seis baúles llenos de sombreros y de vestidos y tres perros falderos y al encontrar mi nombre en el registro del hotel, después de instalada en su cuarto, se vino al mío y entrándose en puntas de pies se me acercó por detrás y me cerró con las manecitas blandas y suaves los ojos que leían en ese momento una página de la ética de Spinoza... ¡Adivina quién es, adivina quién es, rastaquoère poeta, especie de animal, adivina quién es, gritaba besándome y mordiéndome la nuca con la boca olorosa a menta! Como un sátiro borracho de sexo, la levanté del suelo con los brazos al desprenderme de su abrazo lascivo, y la provocación comenzada con su chanza infantil, acabó, unos minutos después, en un doble maullido salvaje de voluptuosidad, sobre el diván de la alcoba.

Antipatizo con ella con todas mis fuerzas. Es una encarnación auténtica de toda la canallería y de todo el vicio parisiense.

El Gil Blas contó una vez, en un suelto, el antojo que tuvo al ver en una feria a un jayán que medio desnudo levantaba pesos de a diez arrobas, y la seducción del Hércules hecha por ella al terminarse el espectáculo y la llevada de éste entre su coche, y el encierro con él durante dos días y dos noches en la alcoba por donde han pasado todos los que han tenido modo de disponer de unos cuantos billetes de a mil francos para pagarse ese capricho por una noche. Es una Mesalina comprable; grosera como una verdulera y hermosa como una venus griega... Se ha ido ahora a arreglar el modo de pasar la noche en mi departamento sin que la vean los criados y a mandar helar unas botellas de champaña. La orgía será digna de mis cincuenta días de abstinencia y de estudios estúpidos...

# GINEBRA, 9 DE AGOSTO

Acabo de levantarme, después de pasar cuarenta y ocho horas bajo la influencia letárgica del opio, del opio divino, omnipotente, justo y sutil, como lo llama Quincey, que pagó con la vida su amor por la droga funesta, bajo cuya influencia se embrutecen diariamente millones de hombres en el Extremo Oriente. Ha sido un absurdo pero no podía hacer otra cosa después de la escena horrible. Quería huir de la vida por unas horas, no sentirla.

Cuando rendidos ambos de lujuria y de cansancio, borrachos de champaña helado, la Rousset comenzaba a adormecerse con la hermosa cabeza sobre los almohadones blandos, una furia inverosímil, una ira de Sansón mutilado por Dalila, me crispó de pies a cabeza, al pensar, con toda la excitación del alcohol en el cuerpo, en los insultos groseros que nos habíamos prodigado en la hora anterior, entremezclándolos de caricias depravadas y en mis planes de vida racional y abstinente, deshechos por la noche de orgía. Un impulso loco surgió en las profundidades de mi ser, irrazonado y rápido como una descarga eléctrica y como un tigre que se abalanza sobre la presa cerqué con las manos crispadas, sujetándola como con dos garras de fierro, la garganta blanca y redonda de la divetta. ¡Ahogarla ahí, como un animal dañino contra las almohadas de plumas! Dio un grito horrible al despertarse, asfixiándose, me clavó los ojos, con las pupilas dilatadas, como una expresión de terror sobrehumano, y al adivinar mi intención asesina, mientras que seguía estrechándola con las manos, gritó con voz ronca, ¡loco! ¡loco! ¡está loco! y sacudiéndose con la agilidad de un venado perseguido por la jauría, huyó medio desnuda a encerrarse en su cuarto, llorando de miedo.

No me habría atrevido a verle la cara al día siguiente. A la madrugada llamé al criado que había venido de París con mi equipaje, le di órdenes para venirme a buscar aquí, y al llegar unas horas más tarde al hotel me acosté y tomé una violenta dosis de opio. Bajo su influencia estuve cuarenta y ocho horas. Al asomarme al espejo ayer para vestirme me he quedado aterrado de mi semblante. Es el de un bandido que no hubiera comido en diez días; represento cuarenta años; los ojos apagados y hundidos en las ojeras violáceas, la piel apergaminada y marchita. Tengo la voz trémula y vacilante el paso. Las visiones que me produjo el opio fueron aterradoras, pero no creí nunca que los estragos de la noche de orgía y de la droga venenosa me dejaran en la postración en que me siento...

El delirio de la abuelita moribunda, la locura a lo lejos, ¡Dios mío! ¡Dios mío! ¡Dios de mi infancia, si existes, sálvame!... ¿Dónde están la señal de cruz y el ramo de rosas blancas que caerán en mi noche como símbolo de salvación?...

# GINEBRA, 11 DE AGOSTO

¿Por dónde empiezo? No sé. Es tan delicado, tan dulce, tan extraño, tan aterrador lo que siento, que temo al querer decir la impresión con palabras, destrozar su frescura, como se destrozaría el esmalte de luz de una mariposa de Muzo, al quererla fijar con un clavo de hierro. Fue ayer tarde en un comedorcito reservado que tiene vista sobre el jardín del hotel, y por cuyos balcones abiertos venía con la brisa del lago, el olor moribundo de las madreselvas que lo enmarcan. Comía solo, deseoso de evitar las promiscuidades y el ruido de la mesa común, y leía las Soledades, de Sully Prudhomme, a la luz de las bujías del candelabro. Un criado, entreabrió la puerta, encendió las de otro, puesto en la mesita vecina, colocó sobre ella un menú del día y volviendo a la puerta entreabierta, doblado en dos pronunció un pus pouvez entre Mosié, pus pouvez entré, Mademuasell..., con su más puro acento alemán. Entraron ella adelante, él atrás, correspondieron la venia que les hice levantándome y desembarazada ella del abrigo de viaje y del sombrero que le daba cierto parecido, por su forma extraña, con el retrato de una princesita hecho por Van Dyck, que está en el Museo de La Haya, se sentaron a comer.

Lentamente, mientras examinaba yo la extraña figura del hombre, se quitó ella los guantes de Suecia y se frotó las manos, dos manecitas largas y pálidas de dedos afilados como los de Ana de Austria en el retrato de Rubens, con que se echó para atrás los bucles de la suelta cabellera castaña, rizosa y sedeña que donde la luz la hería de frente tenía visos de oro. La voz argentina y fresca sonó entonces discutiendo los platos de la comida... Para ti vino del Rhin y queso, no, papá, decía, para mí leche y fresas... El hombre, que podría tener cincuenta años, pero con la cabeza y la barba blancas de canas como un anciano, la miraba con dulzura paternal, que hacía más extraño contraste con la expresión dolorosa de las líneas de su fisonomía fina de noble o de artista, admirablemente modelada y cuya distinción aumentaban los cabellos crespos y la fina barba blanca cortada en punta y el verde desteñido de sus ojos apasionados. Vas a comer sola, le dijo, estoy ansioso por leer los detalles, y colocó sobre la mesa, doblado a lo largo un periódico impreso en caracteres alemanes... lee, contestóle ella, acercando el candelabro para que la luz cayera sobre la hoja.

Una simpatía irresistible me había ligado a ellos, en esos segundos, en que, olvidados de mi presencia, los examinaba con mi curiosidad insaciable. Sin duda habían querido huir de la vulgaridad de los comensales de la table d'hote, al refugiarse en el comedor reservado. Para que aquellas canas blanquearan sus sienes, para que las hondas arrugas de sufrimiento surcaran así su frente amarillenta de pensador, para que aquella indeleble expresión dolorosa le marcara así las facciones, debía él haber sufrido horriblemente, porque el vigor de su naturaleza se adivinaba en las líneas del cuerpo, moldeado por un vestido gris, de refinada elegancia y el perfil enérgico daba a pensar en un militar acostumbrado al mando y retirado del servicio. El otro perfil, el de ella, ingenuo y puro como el de una virgen de Fra Angélico, de una insuperable gracia de líneas y de expresión, se destacaba sobre el fondo sombrío del papel del comedor, iluminado de lleno por la luz del candelabro. Completaban su belleza los cabellos, que se le venían y le caían sobre la frente estrecha en abundosos rizos, las débiles curvas del cuerpecito de quince años, con el busto largo y esbelto, vestido de seda roja, las manos blanquísimas y finas. Al bajar los párpados, un poco pesados, la sombra de las pestañas crespas le caía sobre las mejillas pálidas, de una palidez sana y fresca como la de las hojas de una rosa blanca pero de una palidez exangüe, profunda, sobrenatural casi, y por la curva armoniosa de los labios rosados flotaba una sonrisa supremamente comprensiva. No le había visto los ojos y fascinado como estaba por la gracia de su figura ideal, por la impresión de frescura y de aristocracia que manaba de toda ella, como emana el aroma de una flor que se abre, soñaba en vérselos. De repente sacudió la cabeza hacia atrás, y agitando los sedosos bucles de la cabellera castaña, la volvió en la dirección de mi asiento y los clavó en mí mirándome fijamente, con expresión severa. Eran unos grandes ojos azules, penetrantes, demasiado penetrantes, cuyas miradas se posaron en mí como las de un médico en el cuerpo de un leproso, corroído por las úlceras, y buscaron las mías como para penetrar, con despreciativa y helada insistencia hasta el fondo de mi ser, para leer en lo más íntimo de mi alma. Por primera vez en mi vida bajé los ojos ante una mirada de mujer. Me parecía que, en los segundos que sostuve la suya había leído en mí, como en un libro abierto la orgía de la víspera, la borrachera de opio, y penetrando más lejos, la puñalada a la Orloff, las crápulas de París, todas las debilidades, todas las miserias, todas las vergüenzas de mi vida. Incliné la cabeza avergonzado como un chiquillo de escuela sorprendido en falta, buscando una estrofa del libro. Sentía que sus miradas se habían posado en él, que ya sabía que era un libro de poesías, de aquellas poesías de Sully Prudhomme dulces y penetrantes como femeniles quejidos... Con la mirada que le dirigí habría querido pedirle perdón por haberla contemplado con mis ojos que han visto la maldad humana y se han delectado en su espectáculo, porque la luz de pureza, de santidad que irradió en los suyos a la primera mirada que cruzamos, me había sugerido no sé qué extraña impresión de místico respeto irresistible... Al mirarla de nuevo me encontré con sus pupilas fijas en mí, y habría bajado las mías si no hubiera visto en el azul de las suyas, en la curva de los labios finos, en toda la dulce fisonomía una expresión, de lástima infinita, de suprema ternura, compasiva, más suave que ninguna caricia de hermana. Aquella mirada derramó en mi espíritu la paz que baja sobre un corazón de cristiano después de confesar sus faltas y de recibir la absolución; una paz profunda y humilde, llena de agradecimiento por la piedad divina que leía en sus ojos.

—Si erré antes, fue porque no sabía que existieras sobre la tierra, criatura de pureza y de luz. Tóquenme otra vez tus miradas y mi alma será salva, decía en el fondo de mi conciencia entenebrecida una voz que vibraba como un canto de esperanza.

—Descienda la paz sobre ti, pero no te alejes de mi camino, pobre alma oscura y enferma, yo seré tu conductora hacia la luz, tu Diotima y tu Beatriz, decían las pupilas azules.

Un coro de esperanzas resonó dentro de mí como una música mística en la semioscuridad de una iglesia abandonada. Realmente, la delicia que experimentaba al mirarla, con su misteriosa palidez mortal, sus cabellos de oro sombrío y sus radiosas pupilas azules clavadas en las mías, tenía algo del encanto con que me fascinan ciertas músicas, ciertas frases de Bach y de Beethoven, al vibrar en mis oídos.

Una expresión no ya de piedad misericordiosa sino de inefable ternura iluminó su semblante pálido, leve sonrisa que se dirigió hacia mí como un rayo de luz, arqueó la ingenua curva de sus labios y la fisonomía se humanizó sin perder su nobleza majestuosa y un ensueño de ternura divina se dilató dentro de mí, como la luz de la aurora entre la oscuridad de una madrugada tétrica disipando las sombras, llenándome el alma de claridades tibias, de temblores de savia, de frescuras de agua cristalina y de cantos de pájaros, que suben hacia el Sol, vencedor de la noche.

Los recuerdos de mis liviandades pasadas desaparecieron ahuyentados por la luz, la fuente de aguas vivas brotó del peñasco árido, y las imágenes de un idilio se desarrollaron y vivieron en el fondo de mi espíritu. Sería en el fondo del bosque, donde la sombra de las ramas cae sobre la alfombra de hojas secas y rojizas y sobre el césped blando. Vestida de blanco, sentada en musgosa roca, yo arrodillado a sus pies, con la frente febril apoyada en sus rodillas, acariciarían mi cabeza sus largas manos pálidas, y la caricia derramaría en mí, no la fiebre voluptuosa del amor humano, sino la calma luminosa del amor divino. Con la voz ahogada le diría que la había buscado por largos años, que mis labios, quemados por los cálidos borgoñas y los champañas ardientes de las orgías de la Tierra, tenían sed de su amor infantil y puro, como del agua de una fuente oculta donde se copian los helechos y se refleja el cielo. Las estrofas dulcísimas de Fray Luis de León, subían de mi boca hacia ella como un cántico:

> *Alma divina, en velo*
> *De femeniles formas encerrada,*
> *Cuando viniste al suelo*
> *Robaste de pasada*
> *La celestial, riquísima morada.*

Volví a buscar las pupilas azules y sus miradas de misteriosa ternura me decían que consentía en mis sueños y una expresión de soberano amor esplendía de la pálida faz, vuelta hacia mí. Ante mi imaginación sobreexcitada y que había perdido la noción de la realidad, el oro de los cabellos sueltos, heridos por la luz de las bujías, revistió el brillo de una aureola que irradiaba sobre el fondo oscuro del comedor.

Al levantar los ojos verdosos del periódico que leía, el padre, dirigióle la palabra en italiano y rompió la fascinación. En las frases que en el mismo idioma le contestó ella, percibí los nombres de la Malloggia, de Silvaplana y de San Moritz entre las dulces sílabas cantantes de la lengua de Leopardi, que tomaban en su boca sonoridades de música.

—Sírvanos usted el café en el departamento —dijo al criado el hombre de la barba blanca, levantándose y pasándole el abrigo y ayudándole a fijar, con infinitas delicadezas como de madre, sobre los rizos castaños de la indómita cabellera la singular toca negra que atrajo mis miradas cuando entraron.

Salieron del comedor, él adelante, ella atrás, y al volver la cabeza para que fuera mía otra mirada larga, pensativa y profunda de los grandes ojos azules, el brillo de éstos, la palidez exangüe y como luminosa del semblante y la esbeltez del cuerpo largo y delgado, les dieron a mis ojos, al verla, así, sobre el fondo negro que enmarcaba la puerta, el aspecto de una aparición.

Unos minutos después, al levantarme de la mesa, el brillo de un objeto caído al pie del asiento donde se había sentado, me hizo acercarme y recogerlo. Era un camafeo sobre cuyo fondo gris lo blanco del relieve forjaba una rama con tres hojas, y revoloteando sobre ellas, una mariposa con las alas abiertas. La piedra estaba montada en oro mate, en forma de broche y la joya, de una perfección insuperable de trabajo, se le había caído seguramente al quitarse el abrigo.

La guardé para entregársela al día siguiente y encontrar en la ocasión dada por la casualidad, un principio de relaciones, y salí a buscar en el registro de la portería los nombres de los singulares viajeros. Habían llegado hacía tres horas y había dicho él que pasarían dos días en el hotel al tomar el departamento marcado con el número 9, una gran sala con dos alcobas laterales, situado en el segundo piso y con vista sobre el jardín. Venían de Niza, no habían anotado el lugar adonde se dirigían y estaban inscritos con los nombres de Conde Roberto de Scilly y Helena de Scilly Dancourt.

Una idea extraña me cruzó por la mente. Aquel nombre, Helena, no evocaba en mí ninguna figura de mujer que se fundiera con él, ninguna de las que han atravesado mi vida, dejándome la melancolía de un fin de amor tras de los fugitivos entusiasmos, se llamaba así, soñé en la princesa Helena del idilio de Tenysson y mentalmente la llamé Helena, como a una amiga de la infancia.

Una mano enguantada de cabritilla oscura se apoyó en mi hombro sacándome de mis sueños. Era la de Enrique Lorenzana, uno de mis amigos de la adolescencia, que vive en Londres y que, de paso por Ginebra, en los días anteriores, había venido a verme sin lograrlo porque mi criado, mientras estuve bajo la influencia del opio, no dejó entrar a nadie al departamento, dando como excusa, por orden mía, una enfermedad grave.

—Hombre, me dijo estrechándome la mano entre las suyas, he venido a verte tres veces y no lo he conseguido... ¿Ha sido grave el mal?... Estás horriblemente desfigurado y pálido y tienes un aire de crápula, que a no conocerte me haría pensar horrores de ti..., agregó familiarmente y después de conversar conmigo y media hora en el cuarto de fumar, donde dos yanquis atléticos y sanguíneos infectaban el aire con el humo de sus cigarrillos de Virginia y se envenenaban sistemáticamente con whisky, oloroso a petróleo, me obligó a vestirme y a acompañarlo a una conferencia de historia que daba esa noche una notabilidad local. Puso en su empeño para llevarme, la dulzura grave de un hermano que quiere arrancar a otro de dolorosas ideas por medio de una distracción impuesta casi. Indudablemente con su perspicacia de fisonomista nato, me leyó en la cara los estragos del opio.

Al volver a pie al hotel, con una medianoche espléndida, constelada de estrellas, entre cuyo cielo brillaba la Luna en su último cuarto, como una joya de plata sobre un estuche de raso negro, los follajes de los árboles, que se mecían al soplo del viento, las aguas del lago, con sus transparencias profundas donde temblaban reflejos de astros, eran un cuadro digno del sentimiento nuevo que llenaba todo mi ser y me hacía volver a los puros y lejanos días de mi adolescencia. La mirada de las pupilas azules, radiosas en la fisonomía mortalmente pálida que enmarcaban los rizosos cabellos castaños iluminaba mi espíritu. Soñando en ella salvé la puerta de hierro de la verja del hotel y, temiendo el insomnio seguro en mi lecho, comencé a pasearme por el jardín. La vegetación oscura manchada de blanco aquí y allí por las flores abiertas olía, como un frasco de esencia rara, brillaban arriba las estrellas, y, en la quietud de la medianoche, se oía el silencio. De repente al levantar la cabeza para ver el cielo al través de los árboles que extendían contra él las masas negras de sus ramazones, vi iluminado en la fachada, uno de los balcones del segundo piso, con los cristales abiertos, y las cortinas blancas caídas. Una larga sombra de mujer, como envuelta en un manto que le cayera de la cabeza sobre los hombros, se destacaba confusa sobre la blancura de niebla del transparente. Era Ella: era ésa la alcoba de la izquierda del departamento número 9. Seguramente el padre dormía ya, en la de la derecha donde no había luz.

Movido por un impulso irresistible arranqué unas cuantas flores de los matorrales, calculé el peso necesario para que el ramo llegara a su destino, fijé en él mi tarjeta y volví a bajar al jardín. La luz alumbraba todavía los transparentes blancos caídos hasta el suelo, y agitados suavemente por la brisa nocturna. La sombra había desaparecido. Con el corazón saltándoseme del pecho, como un ladrón que teme ser descubierto, me escondía en la sombra de un matorral, y de pie sobre el banco de piedra, tiré el ramo, que cruzó por el aire y fue a caer adentro, en el cuarto, por entre la abertura de las cortinas.

Estas se levantaron un momento después y me dejaron ver en el fondo oscuro del aposento la luz de la lámpara que ardía cobijada por amplia pantalla de gasa. Volviéndole la espalda, caminó de frente la silueta negra y larga, como la de una virgen de Fra Angélico, llegó al balcón y con la cabeza alzada hacia el cielo, levantó la mano derecha a la altura de los ojos, trazando con ella lentamente una cruz en la sombra, mientras que la izquierda arrojaba con fuerza algo que atravesó el espacio, y vino a caer a mis pies —blanco como una paloma— sobre el suelo sombrío. Era un gran ramo de flores, que regó pálidos pétalos en el espacio oscuro al cruzarlo y rebotó al tocar la tierra... en el ruido de su caída me pareció oír las palabras del delirio de la abuelita agonizante, «Señor, sálvalo de la locura que lo arrastra, sálvalo del infierno que lo reclama»... Hondo estremecimiento de religioso temor me sacudió la carne, corrió por mi espalda un escalofrío sutil y como si me hubiera tocado la muerte, caí desfallecido sobre el banco de piedra. Al volver en mí y recordar la escena busqué las flores cuya blancura se veía en la sombra, para convencerme de que no había soñado. Era un ramo de pálidas rosas té que levanté para besarlo. Volví los ojos a la fachada del hotel que estaba ya oscura y muerta, y por cuyos balcones cerrados no filtraba un solo rayo de luz.

Cuando desperté esta mañana, después de un dormir enfermizo, conseguido con dos gramos de cloral y lleno de las imágenes del día, de los ojos azules, de la faz pálida, de la cabellera castaña, del incesante revoloteo de una mariposilla blanca sobre tres hojas verdes y del ramo de rosas, el Sol rayaba de oro las persianas de mis balcones. Eran las diez y media. Busqué con los ojos las flores, creyendo que la escena nocturna formaba parte de la pesadilla del cloral. Ahí estaban en el jarrón de bohemia donde las había puesto al acostarme. Medio marchitas ya pendían algunas sobre la mesa y dos de ellas cubrían el camafeo montado en oro verdoso.

Tras del baño y la minuciosa toilette con que quise hacer desaparecer las huellas del opio y del cloral, bajé al comedor a tomar el té matinal. Me sentía triste y con el corazón oprimido por un peso extraño. El criado que me sirvió la víspera trajo el desayuno y con él un telegrama de Miranda y Compañía llegado en las primeras horas de la mañana. Venciendo cierta repugnancia lo mandé a preguntarle al conserje del hotel si el señor Scilly y la señorita habían salido. Cuando volvió, tomado ya el té y leído el telegrama, lo esperaba con ansiedad.

—El señor y la señorita se fueron esta mañana, a primera hora, llevando sus equipajes en un coche particular que vino a buscarlos. El conserje le oyó decir a él a la estación, pero no oyó el nombre de la estación... ¿El señor toma más té? —preguntó mirando la taza vacía...

¿Dónde buscarla cuando termine en Londres el negocio con Morrell y Blundell; dónde buscarla, porque necesito verla como necesito respirar, volverla a ver, bañar mi alma en la luz de sus ojos azules, besar sus manos largas y blancas, arrodillado a sus pies? ¿Por qué la bendición y el ramo de rosas que coinciden de tan singular manera con las frases del delirio de la viejecita agonizante?... ¿Conque el misterio puede adquirir así forma material, mezclarse a nuestra vida, codearnos a la luz del Sol?.. El ramo de rosas está ya encerrado en una caja de cristal que me permitirá llevarlo en el viaje, y la caja se ha perfumado con el tenue olor de las flores moribundas.

Miranda & Compañía me avisan haber recibido carta de Morrell, diciéndoles que aceptan el precio que fijé a las minas, en virtud del informe de la comisión de ingenieros que volvió ya y cuyo dictamen esperábamos para cerrar el negocio.

Estaré en Londres el 15, como lo exigen, para firmar las escrituras, y me iré de aquí hoy mismo para soñar con ella mientras viajo.

¿Dónde estará?... En la Engadina, seguramente... Le oí nombrar a la Malloggia, a Silvaplana y a Saint Moritz... Terminado mi asunto con los banqueros ingleses la iré a buscar allá, y si no la encuentro la buscaré en toda Europa, en todo el mundo porque necesito verla para vivir.

LONDRES, 11 DE OCTUBRE

Dos meses de vida en la ciudad monstruo, no visitada en mi última permanencia en Europa y de la cual guardaba la confusa impresión recibida, hace once años; dos meses que se han deslizado rápidos entre las innúmeras diligencias que requirió la venta de las minas, y la ansiedad con que esperé inútilmente respuesta a mis telegramas dirigidos a todos los grandes hoteles de Europa; y a las cartas en que solicité en vano de algunas agencias de informes datos acerca del paradero de Scilly y de su hija.

Su hija... me sonrío al pensar que he escrito esa palabra... No la llamo así cuando al nombrarla mentalmente, la evoco con toda la suave gracia de sus contornos apenas núbiles de largos lineamientos envueltos en la seda roja del corpiño, con su mortal palidez exangüe, enmarcada por el oro oscuro de la destrenzada cabellera y alumbrada por la luminosa sonrisa de las pupilas azules; la llamo Helena, como si la intimidad en que he vivido con su imagen, la hubiera acercado a mí, y la nombro con la ternura que vibraría en mi voz agitada si oprimiera en las mías, impolutas de todo contacto femenino desde la noche en que recogí el ramo de rosas blancas hasta el instante en que escribo estas líneas, sus largas manos alabastrinas que al hacer en el aire la mística señal de la cruz arrojaron las pálidas flores entre la sombra nocturna.

¡Helena! ¡Helena!... A veces, en la quietud de la medianoche, silenciosa en este rincón del Londres millonario, sentado frente a mi escritorio sobre el cual está abierto un tomo de poesías de Shelley o Rossetti que ahora me embargan con sus etéreas

86

delicadezas y la música casi italiana de sus estrofas, alzo los ojos del libro y contemplo a la luz de la lámpara el camafeo montado en oro que no pude devolverle.

Digo entonces su nombre en alta voz como una fórmula evocatoria que hubiera de hacerla surgir y aparecérseme, allá en el fondo sombrío de la estancia donde caen en pliegues opulentos y pesados las cortinas de terciopelo verde, e irse acercando, acercando, sin tocar la alfombra hasta detenerse en el círculo de luz de la lámpara y mirarme con sus ojos dominadores.

¿Por qué sin tocar la alfombra, pregunta al analista que llevo dentro de mí mismo y que percibe y discrimina hasta las sombras de mis ideas?... ¿Por qué sin tocar la alfombra? Ría al oír esta frase el Mefistófeles que todos llevamos dentro del alma, agite las luengas plumas del rojo birrete, crispe diabólica mueca su irónica fisonomía, iluminada por un reflejo de infierno y lance al aire su carcajada de burla; sin tocar la alfombra porque al pensar en ella la veo, incontaminada por la atmósfera de la tierra, insexual y radiosa como los querubines de Milton. Las frases que vienen a mis labios para cantarla entonces, no son los inarmónicos períodos de mi prosa incolora, sino estos versos de La Vita Nuova, en que el Dante habla de Beatriz:

«Cuando mi Dama camina por alguna parte, Amor extiende sobre los corazones corrompidos una capa de hielo que rompe y destruye todos los malos pensamientos.»

El que se exponga a verla o se ennoblece o muere; cuando alguno digno de mirarla la encuentra, experimenta todo el poder de sus virtudes y si ella le honra con su saludo dulcísimo le vuelve tan modesto, tan honrado y tan bueno, que llega hasta perder el recuerdo de los que lo ofendieron.»Y Dios ha concedido una gracia particular a mi Dama: la persona que le dirige la palabra no puede tener mal fin».

Esta noche, hace dos meses, de la noche de Interlaken; a estas horas ya estaba dormido, bajo la influencia del cloral. Es curiosa la historia de los sesenta días que han pasado desde la hora del encuentro.

Se fueron los primeros diez en formalizar la venta de las minas de Mal Paso, y al terminar el siguiente ya el Banco de Inglaterra me tenía abonadas en cuenta las cien mil libras recibidas como precio, de Morrell y Blundell, sin que esa noche, excitado por la idea de aquel dinero ganado casi sin esfuerzo, me sugirieran la imaginación ni los sentidos una sola idea de placeres que buscar ni de emociones ardientes que obtener con ese oro que podía transformarse en sensuales locuras. Retirado en mi casita cuyos balcones tienen visita sobre Hyde Park, y donde los tapiceros instalaron rápidamente los mobiliarios y obras de arte que me rodeaban en París, he dividido mi tiempo entre un trabajo que estoy haciendo en el Foreign Office, las visitas a los invernáculos de más fama y una serie de estudios nuevos emprendidos aquí, en la quietud de mi escritorio, con dos profesores de renombre.

Mis derroches de la temporada no alcanzan a mil libras: setecientas, pagadas por un cuadro de Sir Edward Burne Jones y las doscientas y pico de una cuenta del librero, cubierta ayer. No he puesto los pies en un salón a pesar de que los Lorenzanas, Roberto Blundell y Camilo Mendoza, nuestro gran estadista, que vive en Richmond, me han visitado con insistencia. No he pisado un restaurante ni un teatro, y mis paseos a pie se han dirigido de preferencia hacia los barrios silenciosos de la burguesía acomodada, donde las amplias calles, veladas por las niebles de otoño extienden, a la hora del crepúsculo, la monotonía de sus mansiones tranquilas, separadas de la vía pública por las verduras de los jardinillos que anteceden sus fachadas. Por ellas cuántas veces he andado a esa hora —paseante ingenuo y un poco desprendido de sí mismo para sorprender el alma británica en sus sencillas manifestaciones exteriores— y me he detenido cuando por la ventana de guillotina de algún balcón entreabierto adivino, al través de los vidrios la luz de la lámpara que alumbra la velada familiar, de una lámpara cuya luz cae sobre la amplia mesa de oscura carpeta cerca de la cual se sentarán la vieja de antiparras, papalina y peluquín, cantada por Pombo, el grueso inglesote colorado y flemático, que lee el Tit—Bits y contempla carcajeándose las caricaturas de Punch, y las dos misses rubias y frescas de ojos verdosos, con el visitante vestido del inevitable smoking, para tomar el eterno té tibio, desvirtuado por la leche abundante, la infusión insípida en que la vieja y pudibunda Albion ha convertido el nervioso licor que en la tierra nativa, apuran los mandarines vestidos de seda rosada y las risueñas mousmés de oblicuos ojos, en diminutas tazas de frágil porcelana delgada como una cáscara de huevo, que lucen ramos de crisantemos, doradas medias lunas, hieráticas grullas e inverosímiles pagodas.

Otras veces para buscar el contraste, envuelto en oscuro ulster que oculta el vestido, recorro el horror de los barrios pobres, llenos de seres degradados y oscuros, poblados de mendigos y donde la bruma otoñal ahoga la escasa luz rojiza de los faroles de petróleo, para entrever, tras de las grasientas vidrieras de algún tienducho lleno de restos de cosas que fueron, la cara afilada y hambrienta de algún judío que parece salido de un ghetto de la Edad Media y en el fondo de las tabernas hediondas a venenoso brandy y a cervezas nauseabundas, siniestros perfiles de rufianes, arrugadas facies de viejas proxenetas y caras marchitas de chicuelas desvergonzadas, corroídas ya por el vicio, y que tienen todavía aire de inocencia no destruida por la incesante venta de sus pobres caricias inhábiles.

Flota sobre mi espíritu el melancólico recogimiento del otoño, de sus follajes quemados y enrojecidos por el frío, de los nubarrones cobrizos y violáceos de sus crepúsculos, del olor a nidos abandonados y a cloroformo de las hojas que se desprenden de las ramas, y revolotean en el aire húmedo, bajo los rayos enfermizos del sol de octubre, que apenas las calientan, para caer al suelo y esperar allí, podridas y negras, la soledad el invierno helado y las frescas sinfonías de la primavera!

Por la noche me envuelve una pereza del cuerpo que me hace sonreír si al entrar al cuarto de vestirme veo el negro frac, los brodequines de charol, la resplandeciente camisa, los calcetines de seda, los pañuelos de batista, los guantes blancos y las gardenias para el ojal, puestas en vasitos de electroplata, que Francisco, mi viejo criado, prepara cuidadosamente, sin consultarme y extiende sobre un diván bajo, frente al enorme espejo claro, enmarcado de bronce, en previsión de una salida mundana. Me sonrío y visto amplio vestido de franela; friolento hago encender la chimenea cuyo suave calor neutraliza la temperatura que anuncia un invierno rigurosísimo, y con las piernas envueltas en la eterna manta sevillana compañera de mis viajes y aspirando el humo opiado y aromático de un cigarrillo de Oriente, me siento cerca al fuego para contemplar los derrumbes de negros castillos que forjan los troncos carbonizados, el rojo de las cavernas de fuego, donde arden los tizones y los incendios azules de las lengüetas de llama. Horas de infinito recogimiento en que medito en el plan que ha de inmortalizar mi memoria, lecturas de Shakespeare y de Milton, en el silencio de las madrugadas insomnes, ¡cuán lejos estáis del brutalismo gozador de mis noches parisienses en que, tras de una cena de langosta a la americana y champaña extra—dry, la alcoba de la Orloff oía mis gritos de salvaje voluptuosidad y su cuerpo delicado se lastimaba estrujado por mis manos gozadoras!...

Enrique Lorenzana, el socio de Botwell, con quien estuve en Ginebra, vino aquí anoche y me dijo al entrar y verme: ¡Eres otro hombre del que vi en Suiza; estás rosado y fresco como una miss y se te ríen los ojos!... Ya lo creo que soy otro hombre... ¡Si no llevara en el fondo del alma la incurable nostalgia de las pupilas azules, si supiera cómo encontrarla, cuán feliz sería al sentirme regenerado por ella!

# Londres, 10 de noviembre

Pasé una noche atroz y no comprendo la causa. Un día regular; la mitad gastada en el Ministerio de Relaciones Exteriores tomando copias fotográficas de la correspondencia del Ministro que acreditó mi país en Inglaterra para pedir el reconocimiento de su independencia, la tarde en una fábrica de fusiles —que con furia me he entregado a los estudios militares que requiere el cumplimiento de mi plan— y la noche aquí viendo una serie de aguafuertes y de acuarelas que me ofrecen en venta; total: ninguna emoción fuerte. Comida sencilla, con un poco de burdeos viejo y pálido. Y entonces, ¿por qué la horrible pesadilla que me ha hecho gritar y agitarme, la pesadilla angustiosa sin más imagen que la atravesara sino una caída mía entre la oscuridad negra de un abismo y, arriba, arriba, las tres hojas de la rama del camafeo y el revoloteo de la mariposa blanca sobre un cielo azul cruzado de nubes blancas?...

¿Por qué la depresión de hoy en que me siento sin ánimo de trabajar ni de vivir, y pienso en Helena como un chiquillo perdido entre la noche de un bosque, pensaría en las caricias de la madre?... Es una obsesión enfermiza casi; al dormirme la veo vestida con el corpiño de seda roja que llevaba en Ginebra, llamarme con la mano pálida; al abrir los ojos, lo primero en que pienso es en ella y al hacer un esfuerzo para recordar las impresiones del sueño, me parece que entre la oscuridad de éste ha pasado, vestida de blanco, con un vestido cuya falda cae sobre los pies desnudos, en

91

una orla de dibujo bizantino, de oro bordado sobre la tela opaca, y llevando en los pliegues níveos del manto que la envuelve, un manojo de lirios blancos... Ciertas sílabas resuenan dentro de mí cuando interiormente percibo su imagen «Manibus date lilia plenis»... dice una voz en el fondo de mi alma y se confunde en mi imaginación su figura que parece salida de un cuadro de Fra Angélico y las graves y musicales palabras del exámetro latino.

Todo eso es delicioso pero es una obsesión enfermiza y yo sé el remedio. Digo el remedio porque el placer comprado me repugna como una droga nauseabunda y no está en Londres ninguna de las dos amigas inglesas que me darían una noche de caricias, ni aquella aristocrática Lady Vivian encontrada en Berlín hace un año, tan fresca y tan dulce y tan loca y tan ardiente; ni la otra, Fanny Green, la profesional a quien tuve tres semanas en Roma, hace cuatro años, estúpida como una campesina ignorante y sentimental como una heroína de Richardson, pero insuperablemente hermosa.

No están en Londres. Comprendo cuál es la causa de mi extraño estado nervioso en que las imágenes internas se convierten casi en alucinaciones y quiero suprimirlo. Me provoca por momentos salir a Regent Street a las 11 de la noche, buscar alguna de aquellas Jenny, como la del poema de Rossetti:

> *Oh, merry, lazy, languid Jenny*
> *Fond of a kiss and fond of a guinea;*

hacer de ella mi presa, traerla a mi casa donde al ver el mobiliario y las vajillas y los cuadros, todo el lujo de la instalación, abriría tamaños ojos y sin explicarse mi capricho por su cuerpecito débil, tenerla unas semanas en que las pobres voluptuosidades que me procurara se mezclaran para mí de una impresión de piedad por ella y de obra de caridad hecha al evitarle sus interminables paseos por Picadilly y las brutalidades de sus compradores nocturnos, y calmada con el abuso la fiebre que me corre por las

92

venas, despacharla regalándole alguna suma que fuera la que gasto en una joya de que me antojo y con que pudiera vivir tranquila hasta la vejez, en alguna casita risueña de los suburbios, casada con el novio que la adoraba antes de caer y acordándose de mí como de un semidiós con quien se encontró una noche...

No puedo. Una presencia femenil en la casa donde está el broche del camafeo de Helena y donde tanto he pensado en ella, sería imposible. Al día siguiente habría arrojado a la calle, colmándola de insultos a la pobrecilla chicuela, sintiendo por ella horrible odio y asco profundo.

# Londres, 13 de noviembre

Fue Roberto Blundell, quien lo arregló todo. Es judío por la madre y con la perspectiva del negocio proyectado, habría hecho más por tenerme contento, si yo lo hubiera exigido. Íbamos juntos el día que la encontré por primera vez y me quedé maravillado con su belleza que le valió hasta hace dos años la protección de un miembro de la familia real. Parece que Blundell y ella son viejos amigos y me supongo que algo le llegará a su cartera de cuero de caimán y esquineras de oro, de la fuerte suma que le entregué previamente con la condición de que todo se haría de acuerdo con mis deseos.

Al penetrar en la alcoba la sangre me encendía las mejillas y me zumbaba en los oídos y vi a la sombra de las cortinas verdemar de azulosos cambiantes el oro del amplio catre y las blancuras de espuma y de nieve de donde emergía el busto, con el seno desnudo casi, mal oculto por la abierta camisa de batista, todo alumbrado por la luz de una lamparilla eléctrica que fingía milagrosa flor de luz sonrosada entre las hojas de bronce que la sostenían a la cabecera del lecho. Ven, me gritó sonriendo y mostrando entre los rosados labios el esmalte de la dentadura maravillosa; ven, y tendió los brazos, esparciendo en el ambiente el olor de una mata de rosas que sacude el aire tibio de la primavera.

¡Sí! ¡Ve, me gritaban los glóbulos de la sangre, encendida por el deseo; los nervios tendidos por la continencia de tres meses, los músculos vigorizados por la castidad, ve, sacia tu sed en ese puro vaso de nácar que quiere sentir tus labios, bésalos, sáciate, hártate, agoniza de voluptuosidad en sus brazos en un espasmo de interminables vibraciones!...

Separándolos de los de ella, volví los ojos hacia el fondo oscuro de la alcoba, donde la sombra se aglomeraba resistente a la luz eléctrica por el color sombrío de los tapices y di un grito... Acaba de ver unidas, en lo alto del muro, como en una medalla antigua, el perfil fino y las canas de la abuelita y sobre él, el perfil sobrenaturalmente pálido de Helena, en una alucinación de un segundo.

¿Por qué gritas?... preguntó, sin que desapareciera de sus labios frescos la sonrisa deliciosa de voluptuosidad que los arqueaba... ¿Por qué gritas? Lo que está caído ahí sobre la alfombra es un ramo de flores que recibí hoy de Niza, recógelo, tráemelo y bésame, agregó reclinando los rizos rubios de la hermosa cabeza sobre el holán de los almohadones.

Recogí el ramo, que no había visto antes y con él en la mano me acerqué al lecho, donde el torneado brazo, blanco, blanco y fragante circundó mi cuello.

¡Eres hermoso!, dijo clavándome los ojos negros de acariciadora mirada y atrayéndome hacia ella. Eres hermoso, pero ¿por qué miras esas flores con ojos de loco?, son unas flores que me trajeron de Niza y las había olvidado ahí... ¡Mira la mariposita blanca que se vino entre la caja!, gritó mirando el insecto que emprendió vuelo por el aire de la alcoba perfumada y tibia.

Pretexté un vértigo y me despedí besándole las manos con que me detenía y trayendo en las mías el olor de las rosas té que formaban el ramo, y en los ojos el aleteo de la mariposilla blanca, que volaba ahí en ese momento y en mis sueños hace cuatro noches, cuando en pesadilla de indecible horror, rodaba yo al fondo del abismo vertiginoso.

Helena venía de Niza la tarde en que la encontré en Ginebra... Las frescas rosas té del ramo que he tenido en mis manos esta noche, están atadas con la misma cinta de extrañas labores en forma de cruz que sujeta las del otro ramo que ya no es más que un cementerio de flores negras y marchitas entre la caja de cristal que las guarda. Al inclinarme para respirar el olor de las flores frescas, en la alcoba donde soñé dejar mi enfermedad gastando la savia acumulada en tres meses, alzó de ellas el vuelo la mariposa blanca de mi sueño, la mariposa del camafeo, porque las dos son una sola... Doy por sentado que fue una alucinación febril, haber visto juntas las dos cabezas de los seres cuyas palabras y miradas me envuelven hoy en una trama de sombras, pero... ¿por qué estas casualidades que toman para mí la forma de un interrogante abierto sobre el misterio?... ¿Por qué la cinta con la misma labor extraña de cruces entrelazadas?; ¿por qué estas flores nacidas en el mismo sitio que las otras probablemente, llegan, en el momento preciso, al lugar donde iba yo a envilecerme con un placer comprado, para no pensar en Ella?...

Temí la locura al salir de las orgías brutales de la carne y ahora el noble amor por la enigmática criatura que me parecía traer en las manos un hilo de luz conductor que habría de guiarme por entre las negruras de la vida, ese amor delicioso y fresco que me ha rejuvenecido el alma, es causa de supremas angustias porque mi razón se agota inquiriendo los porqués del misterio que lo envuelve.

¡Si lograra verla, cambiar estos sueños que me enloquecen por la serenidad que esparcirían en mi alma las primeras frases cambiadas con Ella!...

Mi profesor de griego que viene diariamente, me había hablado varias veces de su amigo Sir John Rivington, el gran médico que ha consagrado sus últimos años a la psicología experimental y a la psicofísica y cuyas obras, «Correlación de las epilepsias larvadas con la concepción pesimista de la vida», «Causas naturales de apariencias sobrenaturales» y sobre todo «La higiene moral» y «La evolución de la idea de lo Divino», lo colocan a la altura de los grandes pensadores contemporáneos, de Spencer y de Darwin, por ejemplo. Conocía yo los libros de Rivington de tiempo atrás y los leía y releía con grande entusiasmo, porque la observación directa y precisa de los hechos, la lógica perfecta de los raciocinios, sólidos como una cadena de hierro y las escasas pero segurísimas deducciones generales que de ellas desprende, hacen de esa lectura jugoso y fortificante alimento para mi espíritu vacilante y curioso de los problemas de la vida interior. Esas obras estarán en pie cuando muchas de las vastas teorías de otros filósofos que gozan hoy de más fama que él, vayan desmoronándose a los golpes de pica de posteriores investigaciones.

Conseguí para Rivington dos cartas de introducción, releí sus libros antes de ir a la consulta, por creerlo útil para mi plan y por especialísimo favor logré una conferencia nocturna en que conversamos largamente por horas enteras, solos en su amplio gabinete, lleno de curiosos instrumentos de observación y de obras técnicas referentes a su especialidad, y en su sala donde he tenido una emoción inolvidable.

La primera impresión que produce mi médico con la frescura casi infantil de sus mejillas sonrosadas y llenas que contrastan con la barba rizosa y gris y la singular vitalidad que revelan sus miradas y los ágiles movimientos del cuerpo recio y membrudo no debilitado por los sesenta y cinco años que lleva gallardamente, es la de una perfecta salud corporal y mental. Benévola sonrisa de inteligencia ilumina aquella fisonomía grave y desde el primer momento experimenté cerca de él la impresión de confianza que inspira un hombre envejecido en el estudio de las miserias humanas.

—Doctor, le dije sentándome en el sillón que me ofrecía, tiene usted enfrente a un enfermo curioso que en perfecta salud corporal, viene a buscar en usted los auxilios que la ciencia puede ofrecerle para mejorar su espíritu. El catolicismo les da a sus fanáticos, directores espirituales a quienes se entregan. Yo, falto de toda creencia religiosa, vengo a solicitar de un sacerdote de la ciencia, cuyos méritos conozco, que sea mi director espiritual y corporal. ¿Acepta usted el cargo?

—Lo acepto, contestó con gravedad sonriente, exigiendo de antemano —como los ministros del noble culto que usted nombra— contrición por los pecados contra la higiene que usted haya cometido y el firme propósito de la enmienda... Cuénteme usted sus pecados...

Con la ingenuidad de un adolescente que abre su alma al sacerdote que ha de absolverlo, le referí mi vida, sin atenuar nada, ni mis ímpetus idealistas, ni mis desmedidas ambiciones de saber, de gloria, de riquezas y de placeres, ni las crapulosas orgías, los mujeriles desfallecimientos y las miserables inacciones que me postran por temporadas. Le conté los últimos seis meses con mayor sinceridad quizás que la que he empleado en estas notas escritas para mí mismo.

Oía sin quitarme los ojos que bajaba yo al suelo por momentos, sin mover una mano, sin que su impasible fisonomía griega tradujera la más mínima emoción.

—Cuente usted ahora los antecedentes de su familia, descríbamela, pínteme usted su país, la ciudad donde usted se formó, dígame usted cuanto crea que pueda ilustrarme.

Lo hice sencillamente y hablé por largo tiempo sin que dejara de prestarme atención por un segundo, ni me quitara de encima los ojos.

—Ahora tenga usted la bondad de exponerme la organización actual de su vida, sus planes para el futuro, todo lo que se refiere al presente.

Hablé contándole mi existencia casi monástica desde mi encuentro con Helena, los planes que abrigo respecto de mi país, le referí el incidente que tuvo lugar en la alcoba de Constanza Landseer, mis estudios de griego y árabe, los infructuosos ensayos hechos para encontrar a la que es hoy toda la vida de mi alma... hasta que esta pregunta hecha con la ingenuidad de niño que tienen los sabios cuando se trata de cuestiones de sentimiento, me desconcertó porque no supe qué responderle.

—¿Usted tiene intenciones de casarse con esa hermosa joven si la encuentra, y de fundar una familia?...

Al no darle yo respuesta porque me quedé confuso y como

avergonzado por aquella pregunta, se levantó para traer y colocar sobre la mesa varios aparaticos, a cuyo examen me sometió sucesivamente, haciéndome permanecer de pie, sentarme, recostarme, contar, vendándome los ojos para picarme con alfileres o levantar pesas sujetas a las piernas; estrechar un globo de caucho, ceñirme a la muñeca un mecanismo de reloj terminado con una pluma que trazaba sobre una cinta larga línea ondulante y rítmica; levantar diversas masas de hierro, buscar la incógnita de una ecuación y traducir por escrito un texto de Aristófanes del original griego, mientras que él contaba los minutos inclinado sobre el cronómetro como tomándole el pulso a mi inteligencia.

—Hay aquí un error, dijo examinando la hoja de papel que le tendía, estos adjetivos se refieren a la acción que denota el verbo y no al sujeto de la frase...

Y entonces comenzó otro examen de todo mi cuerpo, casi desnudo sobre un diván de marroquí negro, examen durante el cual analizaba yo el extraño efecto que me habían producido sus palabras: ¿Usted tiene intenciones de casarse con esa hermosa joven, si la encuentra, y de fundar una familia?

¡Dios mío, yo, marido de Helena! ¡Helena mi mujer! La intimidad del trato diario, los detalles de la vida conyugal, aquella visión deformada por la maternidad... Todos los sueños del universo habían pasado por mi imaginación menos ese que me sugerían las frases del especialista.

—Sería usted un modelo fisiológico, dijo, cuando después del examen, volvimos a sentarnos cerca del pesado escritorio de nogal, si fuera un poco más amplia su cavidad torácica y si no existiera cierta desproporción entre su desarrollo muscular y su fuerza nerviosa; es raro que su organismo haya soportado los excesos a que usted lo ha sometido.

—Tiene usted que comenzar, continuó con una voz pausada, baja y suavísima, por regularizar todas, absolutamente todas, sus funciones, sin detenerse a pensar que hay funciones nobles y bajas en el ser humano. A pesar de que manifiesta usted entusiasmo por la ciencia que no admite hoy separación alguna entre los fenómenos de la vida y los considera todos, desde la respiración y la nutrición, hasta las más altas ideaciones y los sentimientos más nobles como manifestaciones de una misma causa, los unos comprensibles por caer bajo el dominio de nuestros actuales métodos de observación y de análisis y los otros incomprensibles todavía por lo rudimentario de los aparatos que apenas comenzamos a emplear para observarlos, a pesar de que afirma usted que no tiene creencias religiosas, es usted un espiritualista convencido, un místico casi, tal vez contra su gusto. Sus frases lo han revelado. Puede usted tener deseos de no creer pero las influencias atávicas que subsisten en usted lo obligan a creer y usted procede de acuerdo con ellas en lo que se refiere a la clasificación de sus actos; haga un esfuerzo, triunfe usted de sí mismo, regularice su vida, dele usted en ella el mismo campo a las necesidades físicas que a las morales, que llama usted, a los placeres de los sentidos que a los estudios, cuide el estómago y cuide el cerebro y yo le garantizo la curación.

—Regularice usted su vida y dele una dirección precisa y sencilla, continuó después de otro largo silencio, en que me pareció leer cierta simpatía en la fría mirada de sus ojos. Lo primero que debe hacer es distraerse, forzándose a alternar sus estudios con diversiones, nobles si usted las prefiere así; frecuente los teatros y los conciertos; tendría mucho gusto en llevarlo a casa de uno de mis mejores amigos donde se toca excelente música de los viejos maestros alemanes y donde encontraría usted buena compañía. Devuélvales a las necesidades sexuales su papel de necesidades por más que le repugne y no mezcle usted sus sensaciones de ese orden con sentimentalismos ni con emociones estéticas que lo exalten; esto mientras encuentre usted a la joven a quien ama y se case usted con ella para normalizar en la vida marital los impulsos de su instinto.

—No le incomode a usted que le hable de su amor en esos términos, dijo al ver el gesto que hice involuntariamente al oír la frase, ese ideal tiene usted que convertirlo en su esposa, usted necesita, antes que todo, como un niño asustado por la apariencia de un objeto que no ha visto bien y cuyo miedo se desvanece al tocarlo, encontrar a esa señorita, tratarla, ver si su carácter y sus ideas coinciden con los de usted y, si es así, casarse con ella para que desaparezca el fantasma que usted se ha forjado. Es un fantasma. Lo vio usted estando bajo la influencia del opio y de una profunda debilidad causada por la orgía de la víspera, la impresión que le causaron a usted sus miradas en el comedor y el capricho que tuvo ella de tirarle un ramo de rosas, han determinado en usted una autosugestión, que ha ido prolongándose gracias al violento cambio de régimen a que ha sometido usted su organismo y al aislamiento en que se ha encerrado. No ha habido impresiones externas que la combatan, y sigue desarrollándose, y como coincide con una frase que lo había impresionado a usted, por haberla dicho una persona de su familia al morir, ha ido revistiendo apariencias sobrenaturales...

Se calló, inclinando la cabeza pensativa y la levantó al cabo de unos momentos de silencio, sonriéndose.

—Tenga usted la bondad de repetirme la descripción de la figura de la señorita cuando usted la ve vestida de blanco y con los lirios en la mano y le parece recordar una frase latina.

Lo hice con la paciencia con que un enfermo le cuenta por segunda vez al vulgar esculapio un síntoma de la dolencia física que lo aqueja.

—¿Se siente usted nervioso esta noche?, me preguntó sonriendo aún con una franca sonrisa que le arqueó los labios y me reveló la animalidad potente de su organismo.

—No, doctor, estoy en perfecta calma, la conversación con usted me ha tranquilizado como una dosis de bromuro, le respondí, sonriendo a mi vez.

—¿Quiere usted ver su visión pintada en un lienzo, por un pintor que murió hace años?, me dijo, sin dejar de sonreír, excitado por la perplejidad que revelaba mi semblante al oír la extraña propuesta.

—Como usted guste, contesté sin saber a derechas qué decía y lleno de una curiosidad infantil que se mezclaba con cierta angustia extraña.

—Perdone usted, voy a dar orden de que enciendan luz en mi salón donde está la pintura. Qué extraña casualidad, agregó hablando consigo mismo y levantándose para apretar un timbre eléctrico a cuya llamada obedeció el criado vestido de frac que se presentó unos instantes después en el cuarto.

—¿Las señoras están en la sala?, le preguntó.

—No, señor; acaban de retirarse a sus alcobas.

—¿Están encendidas las lámparas en la sala?...

—Sí, señor, contestó el sirviente.

—Ponga usted una, donde alumbre bien el cuadro que está en la pared de la derecha, y sírvanos usted el té allá, ordenó, y volviéndose a mí, familiarmente, como si la perspectiva de un triunfo hubiera roto el hielo que nos separaba, me golpeó el hombro como a un amigo viejo y me dijo:

—Un capricho de mi mujer me hizo comprar hace diez años, haciendo un esfuerzo por cierto, porque la estrechez de mi presupuesto de entonces no me permitía fantasías de esas, la tela que voy a mostrarle. ¿Usted estuvo en Londres cuando era niño?, me preguntó con animación súbita...

—Sí, doctor, le respondí, vine con mi padre y pasé aquí un mes del que conservo recuerdos muy confusos.

—¿Dónde vivían ustedes?...

—En un hotel cerca del Regent Street que no he encontrado ahora, contesté impaciente y enervado por el interminable interrogatorio.

—Y la exhibición del lienzo tuvo lugar ahí cerca en la galería donde lo compré, dijo hablando consigo mismo. Venga usted a verlo, añadió levantándose para mostrarme el camino, y alzando el portier que separaba el gabinete de un cuarto oscuro que atravesamos para entrar al salón donde ardían cuatro lámparas.

—¿Se parece?, preguntó desde el sillón donde se había

acomodado para ver el efecto que me estaba produciendo la contemplación de la pintura, al cabo de largo rato en que yo, como hipnotizado por aquella realidad de mi visión no podía separar los ojos de la figura de Helena, que vestida con el fantástico traje y el manto blanco de mis sueños, y llevando en las manos los lirios pálidos, pisaba una orla negra que estaba al pie de la pintura, y sobre la cual se leía en caracteres dorados como las coronas de un cuadro bizantino, la frase «Manibus date lilia plenis».

—¿Se parece?, repitió Rivington... Venga usted a sentarse aquí desde donde la verá bien y tomará el té conmigo, hablando de ella.

—Es ella, doctor, es ella, le dije sentado ya en el sitio que me designaba, y volviendo los ojos hacia la divina aparición que me sonreía, enmarcada de oro sobre la pared oscura. Es ella, doctor; pero, ¿cómo se explica este misterio que rodea todo lo que a ella se refiere; que me hace encontrar aquí ese lienzo que es su retrato; la noche en que vengo a hablarle a usted de ella?, ¿cómo me hizo encontrar el ramo de rosas y la mariposilla blanca la noche en que fui a buscar otra mujer para olvidarla por unas horas?, ¿cómo se explica usted todo eso?, agregué sin poderme contener.

—Vuelve usted a ver el fantasma y a soñar con lo sobrenatural, contestó con gravedad casi severa. Aplíquese usted a encontrar causas y no a soñar. Me ha descrito usted a la señorita como una figura semejante a las de las vírgenes de Fra Angélico y este cuadro es obra de uno de los miembros de la cofradía prerrafaelita, el grupo de pintores ingleses que se propusieron imitar a los primitivos italianos hasta en sus amaneramientos menos artísticos. Es claro que la señorita no sirvió de modelo porque según me dice usted cuando más podrá tener quince años y hace veinte que fue pintado el cuadro; pero, dígame: ¿qué tiene de extraño que el modelo fuera una tía o la madre de la que usted encontró en Ginebra y que las dos se parecieran mucho? Ahora, ¿por qué se juntaban en su imaginación cierto verso latino y la figura que usted veía?... Porque un recuerdo de esta pintura y de la leyenda que tiene al pie vistas por usted hace muchos años, resucitó en su memoria, gracias a la analogía que hay entre la fisonomía de su amada y la que representa este dibujo... La memoria es como una cámara oscura que recibe innumerables fotografías. Quedan muchas guardadas en la sombra; una circunstancia las retira de allí, recibe la placa un rayo de sol que la imprime sobre la hoja de papel blanco, y heme aquí que usted se pregunta quién hizo el retrato, sin recordar el momento en que el negativo recibió el rayo de luz que lo trazó en las sales de plata. Vamos, ¿todavía está usted viendo el fantasma? Deseche usted esas ideas místicas que son un resto del catolicismo de sus antepasados, prefiera usted la acción al sueño inútil, busque usted desde mañana a la joven, cásese con ella y será usted muy feliz. ¿No es cierto que será usted muy feliz?, preguntó con interés.

—Muy feliz, doctor, contesté sirviéndome el té, traído por el criado.

—No tome usted más que una taza, debe medirse usted en el uso de los excitantes. Una taza de té por la noche, nada más, y una pequeña de café, a la comida. Disminuya usted el vino, pero no brusca, sino gradualmente, reemplácelo por cerveza, suprima poco a poco los licores y los condimentos, haga comidas abundantes pero sin refinamiento alguno; cambie los ejercicios fuertes como la equitación y la esgrima, que son excitantes musculares, por decirlo así, y haga largas caminatas a pie por el campo. Quisiera que convencido usted de que es preciso huir de toda excitación de cualquier naturaleza que sea, fuera abandonando paulatinamente sus hábitos de lujo excesivo y sus preocupaciones de arte para dirigir su inteligencia y sus esfuerzos en el sentido de alguna vasta especulación industrial, una ferrería, una fábrica, que le permitiera hacer continuas combinaciones para ensancharla y lo entretuviera con los detalles de su administración. Vea usted, en lugar de pensar en ir a civilizar un país rebelde al progreso por la debilidad de la raza que lo puebla y por la influencia de su clima, donde la carencia de estaciones no favorece el desarrollo de la planta humana, asóciese usted con alguna gran casa inglesa a cuya industria sea aplicable el arte, con unos fabricantes de muebles o de porcelanas, de vidrieras o de telas lujosas para tapizar y consagre usted su talento a hacer por ese medio objetivo la educación estética de los consumidores. Con una sola idea de arte aplicada a la industria se ennoblece ésta como se perfuman hectolitros de alcohol con una gota de esencia de rosas. Ese sería un hermoso plan. Oiga usted otro. Vuelva usted a su país y aplique usted su fortuna a una gran explotación agrícola que lo hará inmensamente rico y lo divertirá con todas las experiencias de aclimatación de razas, animales y plantas exóticas que puedan desarrollarse en esos climas. También le será provechosa si le permite vivir en el campo. Aquí en Londres dirigiendo su manufactura, allá en América desarrollando sus empresas podrá usted vivir tranquilo educando a su familia y haciendo feliz a la señorita que se encontró en Ginebra. Pero de preferencia abandone su sueño de regreso a la patria y establézcase aquí. ¿Francamente, no cree usted más cómodo y más práctico vivir dirigiendo una fábrica en Inglaterra que ir a hacer ese papel de Próspero de Shakespeare con que usted sueña, en un país de calibanes?...

—Además, ésa es la vida que le conviene, continuó después de meditar un poco... Deseche esos sueños políticos que son irrealizables. Usted no tiene el hábito de ejecutar planes y ésa es una educación, un entrainement, dijo usando la palabra francesa; hay que comenzar ideardo y llevando a cabo cosas pequeñas, prácticas, fáciles, para lograr al cabo de muchos años enormidades de esas con que usted sueña. Me hace usted la impresión de un niño que se siente robusto y al ver a un gimnasta de profesión jugar con pesas de a doscientos kilogramos cree que puede hacerlo sin maliciar que las fuerzas de sus músculos apenas le permitirán recoger la pelota de caucho, con que juega.

—Abandone usted esos sueños, continuó; abandone los sueños de gloria, de arte, de amores sublimes, de grandes placeres, la ciencia universal, todos los sueños. El sueño es el enemigo de la acción. Piense usted, conciba un plan pequeño, realícelo pronto y pase a otro. La delicia de vivir, que usted experimenta hoy, cortada por bruscas depresiones que lo postran, es al mismo tiempo la causa de sus ambiciones desmedidas, y el peligro futuro para usted; la causa, porque es ella la que le hace desear continuamente impresiones nuevas en la esperanza de que son gratas, el peligro porque revela una sensibilidad exagerada, una especie de hiperestesia que lo imposibilita para resistir el dolor, el día en que éste llame a su puerta. ¿Conoce usted el dolor?, preguntó pensativo...

—He sufrido, doctor, menos quizá que la mayor parte de los hombres y puesto que es convenido que todo detalle de mi vida interior lo conocerá usted, debo decirle que en los momentos de sufrimiento se produce en mí un placer superior al dolor mismo, el de sentir ese dolor, el de conocer las impresiones nuevas que me procura.

—Ese es el síntoma que completa el cuadro, continuó: hay en usted por el momento tal embriaguez de vida que me hace recordar la frase de Goethe: «La juventud es una embriaguez de sangre». Todo le aparece a usted hermoso, risueño, grandioso, todo lo atrae, todo reclama su atención. El día en que su sistema, cansado por los abusos, se debilite, los nervios transmitirán de preferencia las sensaciones desagradables o dolorosas, mortal apatía lo dominará a usted inhibiéndolo para la acción, su estómago gastado y sin fuerzas digerirá mal, trabajará escasamente su cerebro y entonces será usted el reverso de la medalla, su misantropía, su odio por todo, su desencanto no tendrán límites. Todo joven gozador es el proyecto de un anciano melancólico, los botones de rosa se convierten en rosas marchitas; sólo lo duro guarda la forma que desafía el tiempo. Si usted lo piensa bien, verá que el ascetismo, que es la última palabra de las religiones, es el secreto de la paz interior: endureciendo al hombre por las privaciones voluntarias a que lo somete, lo insensibiliza para el sufrimiento.

Esa quimera que se ha forjado usted de dominarlo todo, de gozar con los sentidos y siendo al tiempo mundano, artista, sabio, guerrero y conductor de hombres, es el supremo absurdo. Mientras usted no se encierre en una especialidad y olvide el resto, se sentirá usted mal. Me argüirá usted que han existido hombres que lo han realizado casi, que el Vinci poseyó todas las ciencias y las artes de su tiempo y que quizás no hubo región alguna de los conocimientos humanos por donde Goethe no paseara su inteligencia poderosa. Me permitiré observarle que la ciencia en el tiempo en que vivió Leonardo era un embrión apenas, y que el hombre de Weimar vivió setenta y tantos años estudiando metódicamente. El simple acto de pensar agota; vea usted a mi querido amigo Heriberto Spencer, que se ha ceñido siempre a las prescripciones de la higiene más absoluta y está pagando ya con su falta de fuerzas sus colosales estudios; recuerde usted a muchos literatos franceses contemporáneos, neurópatas o imposibilitados para la producción en plena juventud y comprenderá usted que el abuso de trabajo mental es el peor de los abusos.

Honradamente es mi deber decirle a usted que la herencia y la vida que usted ha llevado me hacen temer por su porvenir en caso de que usted no cambie de régimen. Hay en usted un doble atavismo, caso curioso, de impulsivos inconscientes casi, y de cerebrales unificados. Si usted logra equilibrar esas tendencias que luchan entre ellas y consigue que sus facultades mentales dirijan sus instintos, está usted salvado, si continúa su vida con esas alternativas de ascetismo y de crápula, con esos estudios sin orden, con esos planes imposibles, irá a dar el día en que menos lo espere, al tropezar con una circunstancia imprevista, a la imbecilidad o a la locura.

Creo inútil decirle que los excitantes y los narcóticos que usted ha usado han hecho la mitad de la obra al producir su estado de hoy. Es usted un predispuesto y son los predispuestos los que dan a la morfina, al opio, el éter, amplia cosecha de víctimas. Búsquela usted desde mañana, dijo mirando el cuadro al cual había yo dirigido los ojos, y al encontrarla cásese con ella y funde un hogar, donde dentro de veinte años vea usted a sus hijos sucederle en los negocios y tenga la satisfacción de recordar los extravíos de su juventud, como recuerda uno un peligro cuando ya está salvado de él. Ese amor puede ser su salvación...

—Y has resistido ocho años de la misma vida de entonces y hoy, cuando te hablo yo como te hablaba Rivington, hoy cuando todavía es tiempo, te ríes de mí y no me haces caso, dijo gravemente Oscar Sáenz desde su asiento, perdido en la semioscuridad carmesí de la estancia lujosa.

—Hoy es diferente, respondió Fernández con cierta superioridad, he distribuido mis fuerzas entre el placer, el estudio y la acción; los planes políticos de entonces los he convertido en un sport que me divierte, y no tengo violentas impresiones sentimentales porque desprecio a fondo a las mujeres y nunca tengo al tiempo menos de dos aventuras amorosas para que las impresiones de una y otra se contrarresten y...

—Y para que las heroínas hagan contraste, insinuó Luis Cordovez, la una rubia y lánguida, lectora de Heine y la otra morena y ardiente, lectora de la Pardo Bazán; una sentimental como una colegiala y la otra sensual desde las puntas de las uñas hasta la médula de los huesos...

Una sonrisa de vanidad iluminó la fisonomía fatigada del poeta...

—Continúa, José; me ha mejorado tu lectura, dijo Máximo Pérez, desde el diván vecino donde estaba recostado.

¡Ese amor puede ser su salvación!, fue la última frase del fisiólogo materialista... ¡Sálvalo Señor del infierno que lo reclama! ¡Benditos sean la señal de cruz hecha por la mano de la virgen y el ramo de rosas que caen en su noche como signo de salvación! ¡Está salvado, míralo bueno, míralo santo! Fueron las frases de la abuelita en el misterioso delirio que tomó forma en una realidad casi divina. El raciocinio de la ciencia, la intuición de la santidad, el grito del sentimiento, todas las voces de la vida se funden en un coro sublime para llamarle, ¡oh, misteriosa criatura de los rizosos cabellos castaños que son de oro donde la luz los toca; de las subyugadoras pupilas azules y de las pálidas mejillas tersas como las hojas de las camelias blancas y de las largas manos alabastrinas que al trazar entre la oscuridad el signo de la redención arrojaron el ramo de rosas que cayó entre la negrura del jardín, como tus miradas cayeron en las sombras de mi alma! ¡Oh, tú, inmaculada, tú, purísima, todo te llama, ven a salvar el alma manchada y débil que siente flotar sobre ella las alas negras de la locura y que te invoca hoy desde el borde del abismo!

Reconcentrado en mí como un piloto que en hora de supremo peligro junta sus fuerzas agotadas para consultar la brújula y alejarse de la tempestad, las palabras de Rivington me han hecho pensar por horas enteras. He hecho al analizarme, una plancha de anatomía moral como dice Bourget en el prefacio de su maravilloso André Cornélis y me he aterrado al verla. Hela aquí:

Hijo único del matrimonio de amor de dos seres de opuestos

orígenes, dentro de mi alma luchan y bregan los instintos encontrados de dos razas, como los dos gemelos bíblicos en el vientre materno. Por el lado de los Fernández vienen la frialdad pensativa, el hábito del orden, la visión de la vida como desde una altura inaccesible a las tempestades de las pasiones; por el de los Andrades, los deseos intensos, el amor por la acción, el violento vigor físico, la tendencia a dominar los hombres, el sensualismo gozador. ¿Hasta qué punto el recuerdo de mi padre, de su figura delicada, de su cuerpo endeble, de su recogimiento silencioso, de su pasión por las ciencias exactas, aclara con extraña luz la apariencia de ciertos momentos de mi vida psíquica? La abuelita, la pobre santa, muerta sin que yo le cerrara los ojos, aprendió de aquella familia de ascetas, el desprecio insexual por las debilidades de la carne. «Es una criatura infame, que no tiene perdón ni de Dios ni de los hombres», decía al oír nombrar a una pobre adúltera y un fulgor de indignación le iluminaba los ojos apagados y un temblor de ira le hacía temblar los enjutos labios. La prescindencia de todo lujo, la modestia casi monástica que reinaban en la casa paterna, donde las vajillas de plata dormían guardadas en los viejos escaparates de nogal y los criados desatendían sus quehaceres para ir a la iglesia. Al hundir los ojos en las lejanías del tiempo, surgen ante mí las figuras de la familia: por el lado paterno la de doña Inés Fernández de Sotomayor, la virgen de 22 años que, en vísperas de contraer matrimonio, rompió su compromiso para consagrarse a Dios y entrar al convento de las monjas de Santa Inés, con el nombre de Sor María de la Cruz, a fines del siglo XVIII, la del tercer abuelo que se educó en Salamanca, fue capitán de los reales ejércitos y desempeñó en mi tierra odiosos puestos dados por la Inquisición y más lejos, dominándolas todas, la del hermano del primer antepasado que se trasladó a América para acompañarlo, aquel Alvaro Fernández de Sotomayor y Vergara el arzobispo, sabio, comentador de Tertuliano, que a los setenta años devuelto a España murió virgen y en olor de santidad. Delicadas miniaturas encuadradas de

110

diminutos diamantes, antiguos lienzos españoles donde se destacan figuras descarnadas y animadas de intensa vida espiritual; apolillados cronicones amarillentos, reales cédulas, pergaminos manuscritos por insignes artistas, en que los caracteres góticos de la leyenda alternan con los colores de complicados blasones heráldicos, cuentan las glorias de aquella raza de intelectuales de débiles músculos, delicados nervios y empobrecida sangre cuyos glóbulos desteñidos corren por los ramales azulosos de mis venas. La piedad católica que la animó subsiste en mí transformada en un misticismo ateo, como revive en ciertos degenerados, convertido en mórbidas duplicidades de conciencia, el mal sagrado de los átavos epilépticos.

¡Ah!, sí, pero en los hoyuelos de las mejillas de mi madre reían frescuras de flor, su leche tenía el sabor que tiene la de las campesinas vigorosas; el abuelo materno era un jayán potente y rudo que a los setenta años tenía dos queridas y descuajaba a hachazos los troncos de las selvas enmarañadas y allá en las llanuras de mi tierra cuentan todavía la tenebrosa leyenda de estupros, incendios y asesinatos de los cuatro Andrades, los salvajes compañeros de Páez en la campaña de los Llanos, que recorrieron victoriosos, sembrando el terror en las huestes españolas, al rudo galope de sus potros, con la lanza tendida por el brazo férreo, con la locura en el alma, la sangre quemada por el alcohol y la blasfemia en la boca gruesa solicitadora de besos!...

Esos instintos comprimidos y encontrados subsisten en mí, determinan mis impulsos sin que puedan contenerlos las falsas adquisiciones de la educación y del raciocinio; domíname religiosa impresión que me hace doblar las rodillas, si penetro en la semioscuridad de un templo a la hora del crepúsculo y el día en que sentí la mano empapada en la sangre tibia de la Orloff, no pude contener un grito de gozo.

Para que la antinomia de esos encontrados impulsos se hubiera transformado en permanente equilibrio, habría sido preciso que un plan verdaderamente científico de educación los hubiera aprovechado utilizándolos. Las circunstancias decidieron que pasara mis primeros años bajo las más contradictorias influencias. Perdí a mi madre siendo niño; cuando a la muerte de mi padre, al cumplir diecisiete años, salí del colegio de jesuitas donde mi adolescencia se deslizó bajo el yugo de severa disciplina, el estado de mi salud quebrantada por la mala higiene del internado y mi parentesco con los Monteverdes, sobrinos carnales de mi madre y dueños de las propiedades de campo vecinas a las nuestras, me llevaron a vivir, en pleno contacto con la naturaleza, brutal vida de campesinos, en las haciendas, donde bajo la doble influencia de la juventud y del régimen mis músculos se vigorizaron y se enriqueció mi sangre. En aquella temporada de vida singular las cacerías de venados, y los violentos ejercicios atléticos, se alternaban con las orgías vertiginosas en que Humberto Monteverde, borracho y con la rizosa cabeza recostada sobre algún seno desnudo, me gritaba a voz en cuello mientras su padre, don Teodoro, paseaba por sobre la concurrencia la mirada átona de sus ojos enturbiados por el alcohol: «Oye, José, tú y yo no hemos nacido para vivir en sociedad, somos salvajes, somos Andrades, somos los nietos de los llaneros». Extraña temporada aquella en que la lectura de los más grandes poetas y el hervor sentimental y sensual de la juventud y la dejadez del cuerpo tras de las noches crapulosas, me hicieron escribir mis «Primeros versos»; más extraña si se compara con el año siguiente en que la intimidad con Serrano, el noble amigo que consagró su vida a trascendentales especulaciones resucitó en mí al meditabundo filósofo que heredó de sus abuelos el intenso amor por la vida moral. Extrañas influencias que dieron como resultado que al entrar por primera vez a los veintiún años, corbateado de blanco y con el busto moldeado por un frac de Poole al salón donde hice mi primera conquista aristocrática, cuatro almas: la de un artista enamorado de lo griego, y que sentía con acritud la vulgaridad de la vida moderna; la de un filósofo descreído de todo por el abuso de estudio; la de un gozador cansado de los placeres vulgares, que iba a perseguir sensaciones más profundas y más finas, y la de un analista que las discriminaba para sentirlas con más ardor, animaron mi corazón, que latía bajo la resplandeciente pechera, coquetamente abotonada con una perla negra.

Así, proteica y múltiple, ubicua y cambiante, resistente al influjo de los ambientes, vigorosa por los ejercicios atléticos, por el uso de suculentos manjares y licores añejos, enervada por sensuales delicias, mi personalidad se fue desarrollando y alternaron dentro de mí épocas de salvajez gozadora y ardiente y largos días de meditativo desprendimiento de las realidades tangibles y de ascética continencia.

Un cultivo intelectual emprendido sin método y con locas pretensiones al universalismo, un cultivo intelectual que ha venido a parar en la falta de toda fe, en la burla de toda valla humana, en una ardiente curiosidad del mal, en el deseo de hacer todas las experiencias posibles de la vida, completó la obra de las otras influencias y vino a abrirme el oscuro camino que me ha traído a esta región oscura, donde hoy me muevo sin ver más en el horizonte que el abismo negro de la desesperación y en la altura, allá arriba, en la altura inaccesible, su imagen, de la cual, como de una estrella en noche de tempestad, cae un rayo, un solo rayo de luz.

¿Terror?... ¿Terror de qué?... De todo por instantes... De la oscuridad del aposento donde paso la noche insomne viendo desfilar un cortejo de visiones siniestras; terror de la multitud que se mueve ávida en busca de placer y de oro; terror de los paisajes alegres y claros que sonreían a las almas buenas; terror del arte que fija en posturas eternas los aspectos de la vida, como por un tenebroso sortilegio; terror de la noche oscura en que el infinito nos mira con sus millones de ojos de luz; terror de sentirme vivir, de pensar que puedo morirme, y en esas horas de terror, frases estúpidas que me suenan dentro del cerebro cansado, «¿y si hubiera Dios?... Los pobres hombres están solos sobre la tierra», y que me hace correr un escalofrío por las vértebras.

113

No, no es terror de eso, es terror de la locura. Desde hace años el cloral, el cloroformo, el éter, la morfina, el haschich, alternados con excitantes que le devolvían al sistema nervioso el tono perdido por el uso de las siniestras drogas, dieron en mí cuenta de aquella virginidad cerebral más preciosa que la otra de que habla Lasegue. Después, la crápula del cuerpo obstinado en experimentar sensaciones nuevas, la crápula del alma empeñada en descubrir nuevos horizontes, después todos los vicios y todas las virtudes, ensayados por conocerlos y sentir su influencia, me han traído al estado de hoy, en que, unos días, al besar una boca fresca, al respirar el perfume de una flor, al ver los cambiantes de una piedra preciosa, al recorrer con los ojos una obra de arte, al oír la música de una estrofa, gozo con tan violenta intensidad, vibro con vibraciones tan profundas de placer, que me parece absorber en cada sensación, toda la vida, todo lo mejor de la vida, y pienso que jamás hombre alguno ha gozado así; y en que otros, cansado de todo, despreciando, odiando todo, sintiendo por mí mismo y por la existencia un odio sin nombre, que nadie ha experimentado, me siento incapaz del más mínimo esfuerzo, permanezco por horas enteras, hebetado, estúpido, inerte, con la cabeza en las manos y llamando a la muerte ya que la energía no me alcanza para acercarme a la sien la boca de acero que podría curarme del horrible, del tenebroso mal de vivir...

¡La locura!, ¡Dios mío, la locura! A veces, ¿por qué no decirlo, si hablo para mí mismo?... ¡Cuántas veces la he visto pasar, vestida de brillantes harapos, castañeteándole los dientes, agitando los cascabeles del irrisorio cetro, y hacerme misteriosa mueca con que me convida hacia lo desconocido! En una alucinación que la otra noche me dominó por unos minutos las joyas que brillaban sobre el terciopelo negro del enorme estuche, se trocaron a la luz de la lámpara que las alumbraba en los mágicos arreos de su vestido de reina; otra noche en una pesadilla que me apretó con sus garras negras y de la cual desperté bañado en sudor frío, una cabeza horrible, la mitad mujer de veinte años, sonrosada y fresca pero coronada de espinas que le hacían sangrar la frente tersa, la otra mitad, calavera seca con las cuencas de los ojos vacías y negras, y una corona de rosas ciñéndole los huesos del cráneo, todo ello destacado sobre una aureola de luz pálida, una cabeza horrible me hablaba con la boca, mitad labios de rosada carne, mitad huesos pálidos, y me decía: «¡Soy tuya, eres mío, soy la locura!».

¡Loco!... ¡El loco, en el cuartucho oscuro del manicomio, oloroso y orines de ratón, envuelto en la camisa de fuerza!... el loco con el cabello cortado al rape, recibiendo en las flacas espaldas huesosas el chorro helado de la ducha, bajo el ojo imperturbable del hombre de ciencia que anota sus gestos violentos y sus entrecortadas blasfemias para convertirlos en una precisa y razonada monografía...

¿Loco?... ¿y por qué no? Así murió Baudelaire, el más grande para los verdaderos letrados, de los poetas de los últimos cincuenta años, así murió Maupassant, sintiendo crecer alrededor de su espíritu la noche y reclamando sus ideas... ¡Por qué no has de morir así, pobre degenerado, que abusaste de todo, que soñaste con dominar el arte, con poseer la ciencia, toda la ciencia, y con agotar todas las copas en que brinda la vida las embriagueces supremas!

¡Pero no!, dulce visión angélica que en mis sueños llevas las manos llenas de lirios blancos y que presente ante mí trazaste con ellas el signo de la redención y arrojaste en mi noche las pálidas flores, el alma que tú favoreciste con tus miradas santificadoras, no irá a desagregarse así.

Cuando en ti pienso, Beatriz que me harás ascender desde el fondo de mi infierno hasta las alturas de tu gloria, los versos de Alighieri, suenan dentro de mi alma como un cántico de esperanza y de consoladora certidumbre:

«Cuando mi Dama camina por alguna parte, Amor extiende sobre los corazones corrompidos una capa de hielo que rompe y destruye los malos pensamientos.»El que se exponga a verla o se ennoblece o muere. Cuando alguno digno de mirarla la encuentra, experimenta todo el poder de sus virtudes y si ella lo honra con su saludo lo vuelve tan modesto, tan honrado y tan bueno que llega hasta perder el recuerdo de los que lo ofendieron.»Y Dios ha concedido una gracia particular a mi Dama; la persona que le dirija la palabra no puede tener mal fin».

¡Oh, ven, surge, aparécete, Helena! Lo que queda de bueno en mi alma te reclama para vivir.

Estoy harto de la lujuria y quiero el amor; estoy cansado de la carne y quiero el espíritu. Hubo en mi alma muladares inmundos que limpió la fuente de aguas vivas abierta en ella por la mirada insostenible de tus ojos azules. Para recibirte, lo que es hoy seca maleza florecerá de flores perfumadas y los sueños buenos de mi adolescencia resucitarán todos cuando tus pies pequeñuelos huellen la tenebrosa puerta de mi espíritu, y te acompañarán como una procesión de ángeles; donde quedan charcos de envenenadas emanaciones, habrá dormidos lagos, apenas rizados por las alas de los cisnes blancos. Si sobre mi cuerpo crispado de voluptuosidad se pasearon manos buscadoras y lascivas, si pedí el olvido a todas las embriagueces de todas las orgías, si rodé como un borracho por la escalera vertiginosa del vicio, fue porque no te había visto todavía. Ten piedad de mí. Para alcanzar tu santidad, porque te siento santa y me apareces ceñida con una aureola de misticismo y casi sagrada, para alcanzar tu santidad, he procurado ser bueno. No hay una mancha en mi vida después de que tus ojos cruzaron sus miradas con las mías. Pero para ser bueno necesito de ti, necesito verte. ¡Ven, surge, aparécete, sálvame, ven a librarme de la locura que avanza en mi cielo como una nube negra preñada de tempestades, ven a salvar lo que queda en mí de los santos de mi raza, del sabio arzobispo y de la dulcísima monja, que en tierra para ti desconocida, duermen, su último sueño, a la sombra de las arcadas góticas, en los viejos sepulcros de piedra!

# Londres, 5 de diciembre

El hilo de luz que me hará encontrarla, está en el misterioso parecido del cuadro de Rivington con ella, pensé hace dos semanas y por un fenómeno que es frecuente en mí y que me hace tomar siempre el camino más largo y perderme en él cuando trato de investigar algo que me interesa, en vez de irme derecho al viejo, o de preguntarle el nombre del pintor de la misteriosa tela y de continuar inquiriendo hasta dar con la verdad, me entregué, con loco entusiasmo al estudio de los orígenes y del desarrollo de la escuela prerrafaelista, de las vidas y de las obras de sus jefes y de las causas que determinaron la aparición de ella en el mundo del arte.

He salido de mi tarea con unas cuantas percepciones nuevas de la belleza y guarda mi espíritu algo como el perfume y el alma del ideal que animaba a los nobles artistas que ilustraron la cofradía; como un suave olor rancio de incienso, producido por la ingenua piedad suavísima de los pintores precentistas, y como un deslumbramiento causado por el colorido de ciertas telas inmortales. En resumen, jamás me había sentido más ridículo en el interior; quise saber de Helena, y he sabido detalles de la vida del Beato Angélico de Fiesole, leído cartas de Rossetti y de Holman Hunt, canzones de Guido Cavalcanti y de Guido Guinicelli, versos de William Morris y de Swinburne, visto cuadros de Rossetti y de Sir Edward Burne Jones. En resumen, todo se complica dentro de mí, y toma visos literarios, una curiosidad se agrega a otra, los atractivos de la obra de arte me hacen olvidar los más graves intereses de la vida, y sin la llamada brutal a la realidad, dada por el doctor Rivington antier, habría pasado quién sabe cuánto tiempo sin buscarla, soñando en Ella, con la imaginación dando vueltas alrededor de su radiosa imagen, y los ojos persiguiendo en poemas y cuadros, frases y lineamientos que me hicieran recordarla.

No soy práctico. Rivington me lo ha dicho en tono despreciativo y yo que lo sé mejor que él me sonrío al pensar en el desprecio que revelaba su voz al decírmelo. No soy práctico, ya lo creo, y los hombres prácticos me inspiran la extraña impresión de miedo que produce lo ininteligible.

Percibir bien la realidad y obrar en consonancia en ser práctico. Para mí lo que se llama percibir la realidad quiere decir no percibir toda la realidad, ver apenas una parte de ella, la despreciable, la nula, la que no me importa. ¿La realidad?... Llaman la realidad todo lo mediocre, todo lo trivial, todo lo insignificante, todo lo despreciable; un hombre práctico es el que poniendo una inteligencia escasa al servicio de pasiones mediocres, se constituye una renta vitalicia de impresiones que no valen la pena de sentirlas. De esa concepción del individuo arranca la organización actual de la sociedad, que el más ilustre de sus detractores llama «una sociedad anónima para la producción de la vida de emociones limitadas», y esa concepción de la vida sirve de base a la estética de Max Nordau que clasifica las verdaderas obras de arte como productos patológicos y a la asquerosa utopía socialista que en los falansterios con que sueña para el futuro, repartirá por igual pitanza y vestidos a los genios y a los idiotas.

¡La realidad! ¡La vida real! ¡Los hombres prácticos!... ¡Horror!... Ser práctico es aplicarse a una empresa mezquina y ridícula, a una empresa de aquellas que vosotros despreciasteis, ¡oh! celosos, ¡oh! creadores, ¡oh padres de lo que llamamos el alma humana, que impedisteis con vuestras sublimes locuras que nuestros ojos iluminados por un resto de la luz que irradió de vuestros espíritus, no sean los ojos átonos de los rumiantes! Tú no fuiste práctico, sublime guerrero, poeta que soñaste y realizaste la independencia de cinco naciones semisalvajes, para venir a morir, bajo techo ajeno, sintiendo dentro de ti la suprema melancolía del desengaño, a la orilla del mar que baña tus natales costas; ni tú tampoco, pobre genovés soñador que le diste un mundo a la Corona de España, para morir entre cadenas; ni tú, manco inmortal, que pasaste miserias sin cuento; ni tú, florentino sublime que con el alma llena de las ardientes visiones de tu Divina Comedia, mendigaste el pan del desterrado, ni tú, Tasso, ni tú, Petrarca, ni tú, pobre Rembrandt, ni tú, enorme Balzac, perseguido por los ruines acreedores, ni vosotros, todos, ¡oh! poetas, ¡oh! genios, ¡oh! faros, ¡oh padres del espíritu humano que atravesasteis la vida, amando, odiando, cantando, soñando, mendigando mientras que los otros se enriquecían, gozaban y morían satisfechos y tranquilos!

Divago al escribir. Cada uno de esos hombres al olvidar las miserables materialidades de la vida lo hacía para realizar algún plan grande que inmortalizara su memoria. Yo pierdo inútilmente mi tiempo entretenido como un niño en futilidades más o menos hermosas, sin buscar la única, que devolverá la paz a mi espíritu conturbado.

Cuando puse los pies en el salón de consulta de Rivington, todas las impresiones de las últimas dos semanas refluían a mi memoria y olvidado de los detalles de la vida real, se movía mi espíritu en un ambiente de etéreas delicadezas y sobrenaturales y deliciosos sentimientos producidos por la contemplación incesante de los cuadros y la lectura de los versos de Rossetti. Ese ambiente de ardiente y melancólico misticismo poblado de ensueños referentes a Helena y perfumado de ella, como el aire de suntuoso retrete femenino del aroma de las flores que agonizan aromándolo, me había envuelto por largas horas, como una niebla espiritual, impidiéndome el contacto con el mundo exterior. Disipóse como por encantamiento al sentarme en uno de los sillones de la consulta y recorrer con los ojos la concurrencia que esperaba, haciendo antesala, el turno obligado para solicitar los auxilios del hombre de ciencia. Frente a mí un viejazo apoplético y obeso, envuelto en pesado abrigo de pieles, con el cogote rojo como jamón y rugoso como un cuero de caimán, los ojos cubiertos por dobles anteojos negros, y los enormes pies deformados por la gota, calzados con gruesos botarrones, roncaba a pierna suelta. Se había dormido esperando el turno. En un ángulo de la sala una mujer de anguloso perfil, canosa y con cara de hambre miraba con sus ojuelos grises cargados de odio, a una pobre chiquilla de doce a trece años de ralos cabellos de un rubio sucio, desteñida tez salpicada de pecas, y descolorida boca entreabierta que dejaba ver los dientes picados y las encías desteñidas. En otro sillón estaba sentado un hombrecillo enclenque, de color de aceituna que guardaba una quietud absoluta, inquietante, inverosímil, y por entre aquellos cuatro individuos, de miserable y dolorosa apariencia, se paseaba a grandes pasos por el salón un fantástico personaje, desmesuradamente largo y flaco, de aspecto caricatural, que se retorcía con furia los pelos de larguísimo bigotillo encerado y cuyos gestos sacudidos seguían con indulgente solicitud los ojos de un hombre de treinta años, vestido con refinada elegancia, pero en cuya delicada y hermosa fisonomía, de una palidez extraña, se leían los signos de definitivo e irremediable agotamiento.

La chiquilla del pelo rubio se sacudió toda, dio un gritico agudo de pájaro herido y agitó sus miembros débiles un estremezón nervioso; despertóse con un ronquido bronco el personaje de las pieles y se frotó con la enorme mano rojiza y rellena como un guante de esgrima la faz apoplética, no hizo un movimiento el individuo verde aceituna, que parecía una estatua de cera, y visiblemente humillado, al sentirse en aquella asamblea de incurables, el enfermo elegante que un momento antes paseaba por todo el cuarto la mirada de sus ojos cansados, los volvió a un anillo de rubíes que le adornaba el dedo meñique de la mano izquierda.

Excitado por la vista de aquellos infelices, surgió en el fondo de mí el orgullo de la vida, de la juventud y del vigor y con involuntario movimiento me apreté con la derecha, crispada casi, el bíceps del brazo izquierdo, que sobresalía elástico y fuerte, formando como una masa de hierro, bajo la gruesa cheviotte del vestido de invierno; la sangre se me subió a las mejillas y con brusco movimiento me levanté para salir... No, yo no estaba enfermo, yo no era un incurable, un harapo humano como aquellos desgraciados. ¿Enfermo, yo? ¿De qué? De un exceso de vida, de un exceso de ideas, de un exceso de fuerza y como si hubiera visto la muerte al ver aquellos restos de persona que iban a buscar modo de aliviar sus días miserables, deseé en ese minuto todos los placeres de la vida, todos los sabores, los perfumes, los colores, las líneas, las músicas, los contactos deliciosos; me provocó apurarlo todo ahí, en ese minuto, antes de que mi cuerpo se deformara y se convirtiera en una miseria como las que estaba viendo...

Tan profunda fue la impresión que no caí en la cuenta de la salida de la persona cuya consulta había terminado, ni vi, en el primer momento, a Rivington, que por la puerta entreabierta del gabinete me miraba de pies a cabeza, con ojos de inquietud.

—Doctor, dije saludándolo olvidado de que había enfermos que debían precederme.

—Siga usted, dijo con cierta brusquedad, haciéndome entrar al cuarto.

Ahí siguió una escena grotesca en que sin poderme dominar y llorando como una mujer, abrazado a aquel jayán, casi desconocido para mí, le conté la atroz impresión que me había producido su horrible clientela, y le supliqué que me asegurara que no estaba enfermo, que no me volvería loco, y en que con frases estúpidamente sentimentales le supliqué que me permitiera enviar un pintor a su casa para obtener una copia del cuadro. Suave como una madre que maneja a un muchacho enfermo, consentido y antojadizo, el especialista se denegó a mi deseo y con su gravedad acostumbrada, me hizo ver todo lo que había de anormal y de enfermizo en mi estado de espíritu de esos momentos.

—Yo había creído menos grave su caso. Es preciso que usted aproveche las fuerzas que le quedan para buscar la curación inmediatamente; vaya usted desde mañana a buscar a esa señorita, diviértase, distráigase, no sueñe más; el sueño es un veneno para usted. Juegue, emborráchese, más bien. Eso sería más higiénico en su estado de hoy. No pierda usted un minuto, vaya a buscarla. Usted la encontrará y si quiere la hará su esposa. Está usted joven, posee una hermosa fortuna, tiene usted todos los elementos para ser feliz; no pierda su tiempo en inútiles desvaríos... Sea feliz...

Le he remunerado al viejo esa extraña consulta, terminada por esa fantástica receta, con largueza de príncipe. Creía que me devolvería el cheque, pero no, lo guardó y lo empleará bien de seguro. Tanto mejor.

Dentro de diez días estaré en París, reinstalado en mi hotel, y consagrado a buscarla. Pienso con horror en volver a la ciudad donde mi vida se deslizó por tanto tiempo en medio de asquerosas delicias. Tú hueles a fábrica y a humo, mi Londres fuliginoso y negro, la trabazón aérea de telegráficas redes cruza tu cielo opaco; tiene tu ferrocarril subterráneo aspecto de pesadilla grotesca; el pueblo que te habita ignora la sonrisa; tú París, acaricias al viajero con la amplitud de tus elegantes avenidas, con la gracia latina de tus moradores, con la belleza armoniosa de tus edificios, ¡pero en el aire que en ti se respira se confunden olores de mujer y de polvos de arroz, de guiso y de peluquería! Eres una cortesana. Te amo despreciándote como se adora a ciertas mujeres que nos seducen con el sortilegio de su belleza sensual y sé bien que los pies de Helena no huellan tu suelo, ¡oh pérfida y voluptuosa Babilonia!

De la temporada de Londres me llevo una deliciosa impresión de recogimiento y de vida interior exacerbada hasta lo indecible. Dos idiomas que eran para mí letra muerta, el griego y el ruso; dos ramos de la actividad humana que me eran extraños, todas las artes de la guerra y la agronomía con todos sus progresos realizados en la última mitad de este siglo me son completamente familiares. Amplia cosecha de impresiones de arte, lecturas de los originales de los trágicos griegos que conocía antes en malas traducciones, de los poetas anteriores a Shakespeare, de toda la pléyade moderna, desde el sensual y vibrante Swinburne hasta la mística Cristina Rossetti; inefables en sueños provocados por los cuadros de Holman Hunt, Whistler y de Burne Jones, todo eso me has dado, ¡ciudad monstruo que me apareces casi ideal porque mientras he vivido en tu seno he vivido con su recuerdo!

Al comenzar los tapiceros a desarmar la casa me he quedado sorprendido del número de objetos de arte y de lujo que insensiblemente he comprado en estos seis meses y los he remirado uno por uno, con cariño, porque en lo futuro me recordarán una época de mi vida más noble que los últimos años. Tú irás a adornar el vestíbulo del hotel en París, enorme vaso etrusco que ostentas en tus bajorelieves hermosa procesión de sátiros y de ninfas, y por sobre las cabezas de carnero que forman tus asas, las orquídeas del trópico, enredarán sus tallos florecidos de níveas mariposas vegetales, salpicadas de violado y de púrpura; os cruzaréis en guerrera panoplia sobre la partesana, cincelada como una joya, vosotras, espadas árabes de policromas empuñaduras, con las tersas hojas de complicados gavilanes y retorcidas contraguardas que templaron en las aguas del Tajo los maestros toledanos del siglo XVI y las árabes moharras y peligrosas franciscas con las finas dagas damasquinadas de oro; contra lo desteñido de vuestros matices moribundos, antiguos brocateles pesados, sonreirán los dos cuadros de Gainsborough y de Reynolds que compré en la venta del mes anterior; vosotros, ejemplares de Shelley, de Burne, de Keats, de Tennyson y de Rossetti, que lleváis sobre el marroquí blanco de las primorosas pastas, grabadas las tres hojas y la mariposa del camafeo, iréis a esperar sobre el velador veneciano de malaquita que recorran vuestras páginas sus ojos, sorprendidos de encontrar allí el diseño de su joya perdida, y tú, rubí único, rubí de Burmah, pagado a Bentzen en una fortuna, rubí que ardes como una ascua y brillas como un rayo de luz, ¡tú irás a irradiar, como una cristalización sangre, sosteniendo el anillo nupcial, y empalideciendo más la sobrenatural blancura de sus dedos afilados, en su pálida mano de reina!

# París, 26 de diciembre

Desde el momento en que pisé esta ciudad me ha invadido un malestar indescriptible. No es una impresión moral, porque serenado mi espíritu por la idea de buscar a Helena y confortado por la esperanza de encontrarla, me siento mejor; no es una enfermedad porque ningún síntoma externo la traduce, ni lo acompaña dolor alguno, y mi cuerpo rebosa de vida. Tengo como una plétora de fuerza disponible que no encuentro cómo gastar. El día de antier lo pasé todo en violentos ejercicios físicos, equitación, ciclismo, box, florete, que en vez de fatigarme, le dieron a mis músculos una sensación de fuerza precisa, que por absurda que sea la imagen, se me ocurre comparar con la que tendría una máquina bien construida, si tomara conciencia de la solidez de sus engranajes de acero y de la potencia del motor que los hace funcionar. Estas hecho un Hércules, me decía antier el viejo Miranda, golpeándome el hombre, y brillándole los ojos de envidia, en los momentos que pasé en su escritorio.

Hecho un Hércules y parece que ese exceso de vigor es la causa del extraño estado en que me encuentro. Ayer no pude resistir más y me fui a un médico, a quien sin entrar en detalles de otro orden, le referí mis achaques. Fue el profesor Charvet, el sabio que ha resumido en los seis volúmenes de sus admirables Lecciones sobre el sistema nervioso, lo que sabe la ciencia de hoy a ese respecto y que me conoce y me mira con extrema benevolencia desde que oí sus lecciones en la facultad y presencié sus curiosas experiencias de hipnotismo en la Salpêtrière.

—Ha realizado usted el consejo de Spencer, me dijo, «seamos buenos animales», es usted un hermoso animal, agregó sonriéndose. Espero que no se tratará de una enfermedad grave. ¿A qué le debo el placer de su consulta?...

—A una abominable impresión de ansiedad y de angustia bajo la cual estoy viviendo desde mi llegada a París; de angustia sin motivo y por consiguiente más odiosa, de ansiedad que no se refiere a nada, y a la cual preferiría en dolor más intenso... ¿Le ha sucedido a usted, doctor, correr, ya en retardo, a una cita urgente, contar los minutos, los segundos, abrir el reloj, no ver la hora, volverlo a abrir, ver que el instantáneo se mueve, rectificar si el cronómetro funciona, aplicándole el oído, creer que se ha parado, buscar la hora en los relojes de la calle, sentir que el tren o el coche no caminan y no descansar de la horrible impresión que le hace correr sudor frío por las sienes y le aprieta el epigastrio, sino después de estar en el lugar convenido?... Prolongue usted eso por seis días, exacérbelo, hágalo más insoportable quitándole la causa y tendrá usted idea de lo que siento.

Me interrogó hábil y discretamente hasta hacerme confesar los cinco meses de abstinencia sexual a que me ha condenado la imposibilidad de tolerar cualquier contacto femenino desde la tarde del bendito encuentro en Ginebra.

—Acabáramos, prorrumpió con una sonrisa de alegría que le alumbró toda la cara afeitada y le hizo al sacudir la cabeza, brillar los cabellos blancos y lisos que, echados para atrás le caen en espesa melena sobre el cuello del largo levitón negro. Acabáramos, ¿y ese capricho? ¿un voto de castidad hecho por usted, a sus años y con esa facha?..., preguntó con amable expresión.

—No es un capricho; obedece a motivos que serían largos de explicar, dije, para ahorrar comentarios. ¿Conque cree usted que es ésa la causa?

—Ya lo creo, amigo mío, respondió con suavidad acariciadora, ya lo creo, que es ésa la causa. ¡Con esa fisiología de atleta que tiene usted y con sus veintiséis años! ¡Supóngase usted una batería poderosa acumulando electricidad; una caldera produciendo vapor, electricidad y vapor que no se emplean! Estos primeros meses han debido de ser terriblemente incómodos y experimento admiración por la fuerza de voluntad que le ha permitido a usted pasarlos así. Sobran las drogas, amigo mío, usted sabe el remedio, aplíqueselo... en dosis pequeñas al principio, agregó sonriendo siempre.

—Si no me da usted otro, contesté empleando un tono análogo al que usaba él, no me curaré pronto, esté usted seguro.

—¡Ah! ¿conque insiste usted en su régimen?..., preguntó con expresión de marcada curiosidad... Es admirable... Vamos, pues gaste usted fuerza en todo sentido como lo ha hecho usted en estos días y complete la obra del ejercicio violento con largos baños calientes y altas dosis de bromuro. Bromuro por agua ordinaria, agregó entregándome la fórmula y..., cuidado con que se despierte de repente la bestia que ha logrado usted domesticar y haga alguna andanada, ¿eh?... me dijo al apretarme la mano en la puerta de la consulta.

Inútil todo. He permanecido horas enteras en la enorme tina de mármol blanco, aletargado por la influencia de la temperatura ardiente del agua; tengo en el paladar el sabor salino de la droga sedante y en las narices el olor de la esencia de toronjil que el profesor agregó a la sal. Inútil todo. La angustia me oprime, me agota, me embrutece; me hace sudar frío, me imposibilita para pensar. En las últimas cuarenta y ocho horas no he podido pegar los ojos y el cerebro fatigado por el insomnio, funciona débilmente. No pienso casi, y me muero de ansiedad. ¿De qué?... De nada... Esta mañana hice ensillar el más fogoso de mis caballos, un árabe, fino y nervioso como un artista, que se excita y piafa al verme, y huyendo de la exhibición del Bosque y de los trotecitos de ordenanza, galope furiosamente tendido al través sobre el fogoso animal que se sorbía los vientos del paisaje invernal, devastado por el frío... Me parecía que aquella carrera furibunda tenía algún objeto que no alcanzaría, y la angustia crecía, crecía, y en el ruido de las herraduras al golpear la carretera desierta y blanca de nieve, me parecía oír una voz que me gritaba: «¡Apura, apura, vas a llegar tarde; más aprisa, apura, apura!». Y bajo esa impresión llegué cuatro horas después al hotel, bañado en sudor, rendido y temblando de miedo como si allí me esperara una mala noticia... ¿Hay cartas?, le pregunté al portero que me tendió dos. Como si fueran algo inesperado y gravísimo abrí las cubiertas con sobresalto; eran una nota de Morrell y Blundell, dándome aviso de cien libras pagadas a mi sastre en Londres y una esquela de Alberto Miranda avisándome que me habían conseguido al fin unas aguafuertes tras de las cuales andaba hace meses...

Desde hace seis horas tirito, calado de frío, hasta las médulas de los huesos, tendido en el diván de mi despacho sobre el cual ha acumulado Francisco, mantas y pieles que no me calientan, como no me calienta el claro fuego que arde en la chimenea. Me hielo y me muero de angustia. Para distraerla escribo estas líneas, y al releerlas y encontrarlas inteligibles experimento una sorpresa extraña. Es tan grande la debilidad mental que experimento que no podría agregarles cien más. El cerebro se rebela a pensar. Espesa bruma envuelve mi horizonte intelectual; mortal decaimiento me postra, y si por mí fuera no haría un movimiento para no gastar las escasas fuerzas que me quedan. Es como si por una herida invisible se me estuvieran yendo al tiempo la sangre y el alma. Así debió de agonizar Séneca con las venas abiertas, entre el agua tibia de la tina de mármol. En mi espíritu, donde las imágenes pierden su relieve y se confunden, flotan dos versos de un soneto de Rossetti, de aquel soneto en que una visión le habla al poeta entre la bruma nocturna:

*Look at my face, my name is might have been*
*I am also called, no more, farewell.*

*¡Oh, mírame la faz!... ¡Oye mi nombre!*
*¡Me llamo lo que pudo ser! Me llamo...*

Es tarde... me llamo... ¡Adiós!...

Y no puedo levantarme y me muero de angustia y de debilidad... ¡La Muerte!... No me impresiona pensar en ella; ¡estoy seguro de que no es ni más horrible ni más misteriosa que la Vida!

Estoy mejor ya, acostado todavía, y mientras llega el profesor Charvet, que vendrá a las tres de la tarde, me entretengo en describir, poseído de mi eterna manía de convertir mis impresiones en obra literaria, los síntomas de la extraña dolencia.

Las últimas líneas trazadas aquí tienen fecha del 26. Pasé ese día y los dos siguientes en el mismo estado de malestar indescriptible que experimentaba al escribir entonces. La impresión de angustia se hizo tan intolerable que, a pesar de mis esfuerzos para dominarme, se traducía en involuntario quejido como el que me habría arrancado una neuralgia y la postración se acentuó de tal modo, que los esfuerzos para levantarme y vestirme fueron inútiles. Francisco, aterrado con mi enfermedad y sin orden mía, corrió al escritorio de los Mirandas y a la oficina de Marinoni. Unas horas después, al oír voces, abrí los ojos, que había mantenido cerrados, y al través de la bruma que llenaba el cuarto vi seis caras que se inclinaban sobre la mía, distinguí los bigotazos blancos de don Mariano Miranda, la carita árabe de Vicente, su hijo, la cabezota rubia de Marinoni y la corbata lila de uno de los médicos, un personaje rosado y oloroso a Chypre, que me auscultaba frenéticamente, dándome golpecitos con los dedos llenos de anillos.

Hice un esfuerzo para incorporarme, y la cabeza, como desarticulada por la debilidad, se me fue para atrás sobre los almohadones en que me habían acomodado. La presencia de aquella gente me devolvió un poco de energía, irritándome con las caras de pésame que me mostraban. Logré enderezarme, saludarlos, y le contesté con displicencia al médico de la corbata lila, de las patillas rubias y del pelo rizado, que me preguntaba qué sentía:

—Debilidad y sueño, señor... Debilidad y sueño. Me quejaba porque me dolía un poco la cabeza.

—Creo que estamos en presencia, querido colega, dijo el afeminado personaje, volviéndose a su compañero, un individuo rechoncho y carirredondo, de barbilla castaña y pelada cabeza, que me miraba con expresión entre irónica y despreciativa, de fenómenos neurasténicos atribuibles al estado de profunda debilidad en que se encuentra el paciente. Hay ciertos puntos relativos al diagnóstico y al tratamiento en que la ilustrada opinión de usted contribuiría a aclarar mis ideas, querido colega.

—Si quieren ustedes hablar a solas pasen al salón, sugirió don Mariano Miranda, mostrándoles el camino. Dicen que no es grave. Eso fue todo lo que saqué en limpio; lo demás no se lo entiendo: astenia, neurastenia, anemia, epidemia, syrongomelia, camelia, neurosis, corilóporo... qué sé yo, refunfuñó entre dientes, mascando el inevitable cigarro cuya ceniza negrusca caía sobre el tapiz de Aubusson, que cubría el suelo y cuyo humo nauseabundo me revolvió el alma.

—Tú lo que tienes es que vagabundeas mucho, continuó acomodándose en una silla y mareándome con el olor del tabaco. Haces bien, muchacho; tienes dinero, estás joven y fuerte; pero no abuses, no abuses.

—Oye las noticias de la tierra, comenzó Vicente, con su vivacidad de mico y el insoportable entusiasmo que pone en contar todo lo que se refiere a los demás. ¿Tú no has recibido las cartas de hoy?... Claro que no. En el escritorio las abrimos hace media hora. Las Reyes que, como tú sabes, le cuentan a Víctor todo cuanto sucede allá, le dan una partida de noticias a cual más inesperadas; la primera, el matrimonio del calaverón de tu primo Heriberto Monteverde, del tronera de Heriberto; ¿adivina con quién?... Con Inés Serrano. ¿No te sorprende?...

Casarse Monteverde, todo fuego, con la Serrano, tan fría y tan boba y de posición social inferior a la de él, porque en fin, sea lo que sea, los Monteverdes son los Monteverdes. Parece que irán a pasarse la luna de miel en el Buen Retiro, la hacienda de don Teodoro. Aburrido aquello, ¿eh? Dime, aquí entre los dos: ¿no crees tú que sea puro cálculo de Monteverde ese matrimonio?... Las Reyes le dicen a Víctor que está mal de fortuna y que le debe mucho a Spínola. Tal vez sea cierto. Quién sabe, ¿eh?... A mi papá le parece muy probable; a Alberto también, agregó con aire de malicia... Nosotros recibimos las órdenes para el trousseau de la novia; la madre encarga un broche de diamantes, que será de lo mejor que se ha mandado para allá en los últimos años... y uno de los hermanos un libro de misa... ¿Ridículo para regalo de matrimonio, no te parece, un libro de misa?... ¡Ah!, pero qué te cuento yo de noticias de allá cuando aquí en la colonia hay una cosa nueva que te interesará muchísimo... Llegó al fin Eduardo Montt, ¿oyes?, y sé de buena tinta que no trajo más que cuatro mil francos; ¡y si lo vieras!... Se ha mandado hacer camisas en casa de Doucet, ropa donde Eppler; comió el domingo en el Café de París, con una cocota famosa y ayer andaba en el Bosque en coche de remise...¡Todo eso con cuatro mil francos! Es increíble, ¿ah? ¿Será que juega, no es cierto?... ¿Qué dices tú de eso?... ¿Será que juega?... A mi papá le parece probable.

—A ése habrá que hacerle suscripción para que se vuelva a la tierra, como al Muñoz aquel de las letras protestadas, dijo filosóficamente don Teodoro, mascando su eterno cigarro. El que dizque tampoco va muy bien de negocios es el paisano aquel casado con la chilena, que compró títulos de Conde y farolea tanto con su intimidad con los Orleans y con los Duques de la Tremaouille...

—Es que no todos tienen las rentas de don José Fernández, le interrumpió Vicente, creyendo decirme una amabilidad; las renticas que permiten darse la gran vida sin llegar a pedir pesetas...

Y a propósito de rentas, ¡qué barbaridad de precios los de las aguafuertes que te mandaron hoy al escritorio... y lo que has de ver es que le parecieron abominables a Alberto, que entiende de pintura. ¡Es que tú tienes unos gustos tan extravagantes!

Los médicos entraron; el buchón de la cara irónica con el ceño fruncido, el de la corbata lila y las doradas patillas más caricontento y más orondo que nunca.

—Mi amable y bondadoso colega ha tenido la bondad de honrarme autorizándome para decirle a usted la opinión que hemos formado respecto de la novedad que usted experimenta. Son graves los desórdenes del sistema nervioso..., comenzó ahuecando la voz y emprendiéndola con una disertación interminable en que enumeró todas las neurosis tiqueteadas y clasificadas en los últimos veinte años y las conocidas desde el principio de los tiempos. Me habló del vértigo mental y de la epilepsia, de la catalepsia y de la letargia, de la corea y de las parálisis agitantes, de las ataxias y de los tétanos, de las neuralgias de las neuritis y de los tics dolorosos, de las neurosis traumáticas y de las neurastenias, y con especial complacencia de las enfermedades recién inventadas, del railway frain y del railway spine, de todos los miedos mórbidos, el miedo de los espacios abiertos y de los espacios cerrados, de la mugre y de los animales, del miedo de los muertos, de las enfermedades y de los astros. A todas aquellas miserias les daba los nombres técnicos, kenofobia, claustrofobia, misofobia, zoofobia, necrofobia, pasofobia, astrofobia, que parecían llenarle la boca y dejársela sabiendo a miel al pronunciarlas... El otro individuo, el buchón de la barbilla castaña, continuaba callado, sonriéndose, y tenía cara de divertirse hasta lo infinito con aquella charla exhibicionista de su querido colega.

—¿Y cuál de esas enfermedades creen ustedes que tengo yo?..., pregunté divertido ya por el personaje...

—Sería aventurado un diagnóstico en estos momentos en que la indecisión de los síntomas y las escasas nociones que poseemos sobre la etiología del mal, impiden la precisión requerida, dijo con gravedad sacerdotal... Los síntomas harían creer en una somnosis o en una narcolepsia, pero nada podemos precisar antes de que se regularicen las funciones del tubo digestivo. Ingeniis largiter ventris...

—Hay que purgarlo, soltó el esculapio de la cabeza calva, disparando aquella frase como un pistoletazo, y como si se tratara de un caballo.

Los versos de la zarzuela española me cantaron en la memoria y trajeron involuntaria sonrisa a mis labios.

*Juzgando por los síntomas*
*que tiene el animal,*
*bien puede estar hidrófobo,*
*bien puede no lo estar.*
*Y afirma el grande Hipócrates*
*que el perro en caso tal*
*suele ladrar muchísimo*
*o suele no ladrar.*

Hubo una discusión entre las dos notabilidades respecto del que escribiría la fórmula, y al fin el hombre de la barbilla castaña trazó en el papel signos que equivalían a una dosis de sal de Inglaterra, calculada para purgar a un toro de Durham.

—Se tomará usted esto mañana temprano, y una dosis igual pasado mañana, y otra todas las mañanas durante seis días, me dijo con brusquedad. Al séptimo, estará usted bueno, le doy mi palabra de honor.

—Celebro que no sea nada... Usa pero no abuses, dijo don Mariano levantándose... ¿Qué sabio, eh?, insinuó mostrándome el personaje de la corbata lila... Es el médico de Vicentico.

—Y de ella, me murmuró al oído éste al despedirse... me lo recomendó ella.

Ella es una actriz de los bufos, que se está comiendo la fortuna de los Mirandas, servida en forma de diamantes y de coches por mi bien informado amigo, que nació repórter, como otros nacen ciegos.

—Recuérdame contarte otra noticia que trajo el correo, dijo con aire picaresco sacudiéndome la mano al despedirse...

Salieron. ¿A qué habían venido aquellos buenos amigos?... El uno a fumarse un nauseabundo cigarro, arrellanado en una poltrona más cómoda que las de su despacho; el otro, a traerme su cosecha de vulgaridades; los dos médicos, a cobrar su charla el uno, su estúpida receta el otro.

—¡Deliciosos sus paisanos!, dijo Marinoni, saliendo del rincón donde se había metido desde que entró. ¡Deliciosos! ¿Pero qué es lo que tienes? Estás desfigurado, agregó al ver mi palidez, mis ojeras profundas y el temblor de mis manos débiles. ¿Qué te pasa?... Tú estás muy mal. Es necesario que venga Charvet; voy a traerlo; no me gusta tu aspecto, agregó después de que le hube contado el martirio de los últimos días.

A medianoche, después de un sueño que más bien me había quitado que devuelto las fuerzas, un sueño de niño que se muere de debilidad, desperté, presa de mortal sobresalto, sudando frío y dando un grito de angustia.

—¿Qué es esto, amigo mío?, me dijo Charvet, que, sentado al lado del diván, espiaba mi sueño, acomodando los almohadones que me sostenían la cabeza... ¿Qué es esto? Haga usted un esfuerzo y cuénteme qué le ha pasado.

—Que me estoy muriendo, doctor..., le dije estrechándole la mano...; que me estoy muriendo sin causa, muriéndome de angustia y de falta de fuerzas.

—¿Usted cometió alguna locura después de ir a mi consulta, no es cierto?... He llegado a imaginarme, mientras lo veía dormido, que ha tenido usted una hemorragia abundante... Déjeme usted examinarlo, dijo acercando la luz. Incorpórese usted un poco para oír el corazón; así, eso es... Bien: ahora, recuéstese usted..., póngase ahí el termómetro, no se inquiete usted; crea que haré cuanto esté a mi alcance para mejorarlo.

134

Usted me interesa de veras... Su familia no vive ahora en París, ¿cierto?...

—No tengo familia, doctor; vivo solo con mis criados.

—Pero tiene usted muchos, muchísimos amigos que lo quieren, dijo como para consolarme. Esta noche al entrar he encontrado gente en el vestíbulo y en el salón... ¿Conque vive usted solo, completamente solo?..., volvió a preguntar... Un grado menos de la temperatura normal, dijo mirando el termómetro; el pulso de un niño moribundo; esa palidez, esa postración, y el día en que usted estuvo en mi consulta, me quedé asombrado de su vigor... El corazón está débil como el de un viejo de setenta años... Vamos, tenga usted confianza en mí; confiéseme usted qué es lo que le ha pasado... ¿Fue muy abundante la hemorragia?...

Cuando le conté que había seguido estrictamente sus prescripciones y cuál había sido mi vida desde que no nos veíamos, se levantó del asiento y comenzó a pasearse por el cuarto a pasos contados y lentos, con las manos metidas en los bolsillos del pantalón y la cabeza inclinada sobre el pecho.

—No puedo soportar por más tiempo lo que siento, le dije incorporándome. Déme usted algo que me haga dormir o me vuelvo loco. Píqueme usted con morfina, hágame beber cloral, hágame dormir a todo trance, aunque me cueste la vida.

—Yo no puedo hacer eso, señor; mi deber me lo prohíbe, contestó deteniéndose, con aire a la vez ceremonioso y desagradado. Además, el sueño artificial no le impediría sentir lo que siente. Yo, respecto de usted, no sé más que dos cosas: primera, que si le diera a usted la más pequeña dosis de narcótico, lo envenenaría, porque está usted en un estado de debilidad extrema increíble; segunda, que tengo que levantarle las fuerzas, porque el corazón funciona muy lentamente, y su organismo entero presenta fenómenos graves e inexplicables de depresión y de agotamiento, que no entiendo.

—¿Esto es mortal, doctor? Dígamelo usted francamente, de una vez, le dije con voz trémula.

—Mi pobre amigo, comenzó, sentándose otra vez cerca del diván: está usted hablando con un ignorante. Usted ha seguido mis cursos, ha visto mis experiencias; según entiendo, ha leído mis libros, sabe que gozo de alguna fama en el mundo científico... No se extrañe de lo que voy a decirle. Oiga usted... yo no sé lo que usted tiene. Si fuera un charlatán, le diría un nombre rotundamente; inventaría una entidad patológica a qué referir los fenómenos que estoy observando, y lo llenaría de drogas... Lo más que puedo hacer en obsequio suyo es llamar a alguno de mis colegas para que me acompañe a estudiar su caso... Puede ser que él vea más claro que yo. ¿Quiere usted que lo hagamos?...

Me denegué abiertamente, y pareció agradecérmelo. A la mañana siguiente volvió y me obligó a beber dos copas de cognac, que me quemaron la garganta y me trastornaron un poco. El viejo espiaba con interés los efectos del licor. Me puso una inyección de éter y me hizo tomar unos gránulos de cafeína. Me prometió que haría preparar inmediatamente un medicamento para que comenzara a tomarlo de hora en hora, y quedó en que volvería antes de la tarde.

—Ofrézcame usted que, por grande que sea el malestar que sienta, no se moverá usted de esta cama ni tomará usted nada que no sea su poción.

Se lo ofrecí, y de hora en hora apuré el contenido de la oscura botella. Era un licor rojizo, perfumado, meloso y amargo en que se fundían diez sabores extraños. A la quinta cucharada, como quemado por un fuego interior, sentía correr la sangre por las venas y estremecimientos de vida vibrándome a lo largo de la columna vertebral. Me provocó levantarme. Tomaba la sexta, cuando entró Charvet con Marinoni.

—¿Ya resucitó usted?, me preguntó el viejo, tendiéndome la mano.

Comencé a hablarle en voz alta, vibrante y llena, y le di las gracias por sus cuidados. Me sentía moribundo y estoy lleno de vida, doctor, le dije; me ha devuelto usted mis fuerzas perdidas en unas horas; ahora va usted a quitarme esta maldita impresión de ansiedad que me desespera, ¿no es cierto?...

—Eso desaparecerá en tres o cuatro días, si todo sigue bien. ¿Tendrá usted valor suficiente para pasarlos sin recurrir a los narcóticos?... Si usted lo tiene, me atreveré a pronosticarle una mejoría rápida. Sin embargo, no debo ocultarle un temor que tengo desde ayer; es fácil que de un momento a otro le comience a usted una neuralgia violenta que prolongará su enfermedad por varias semanas. Puede usted levantarse mañana, si no siente dolor alguno, y pasar unas horas en el escritorio. Cuidado con el frío...

El treinta y uno por la tarde me aseguró que me encontraba bien y que en algunos días más podría salir a la calle. Sintiéndome con fuerzas de sobra y desesperado con aquel encierro, en que mis nervios excitados no habían tolerado más compañía que la del suave Marinoni, a quien el recargo de ocupaciones le impedía estar a mi lado, convencí a Francisco, rendido por las noches de vigilia, de que se acostara y preparé mi salida nocturna. Desde el mediodía era ya intolerable lo que estaba sintiendo. El malestar que me hizo ir la primera vez a casa de Charvet, la ansiedad loca del galope en el camino de Sèvres, la horrible angustia de los días pasados, eran un juego de niños junto al martirio de aquella tarde. La perspectiva de la noche insomne del año nuevo, aquel lento sonar de las horas en el viejo reloj del vestíbulo, aquella melancolía sin nombre que me había invadido el alma desde por la mañana, me hacían inaceptable la idea de la reclusión. Quería oír el ruido de la multitud, perderme por unos minutos en el tumulto humano, olvidarme de mí mismo.

Sonó, cerrándose tras de mí, la puerta del hotel. Una ráfaga helada me azotó la cara y me hizo correr un escalofrío por las vértebras. La ansiedad tomó la forma concreta de una idea de movimiento, y tuve que contenerme para no realizar el deseo que surgió en las profundidades de mi ser, de correr como un loco, frenéticamente, hasta caer falto de aliento contra la sábana helada que extendía el invierno sobre el piso de la calle silenciosa.

Eran las doce menos veinte minutos cuando salí al bulevar y me confundí con el río humano que por él circulaba. El aspecto de las barracas de año nuevo, negras sobre la blancura de la nieve, de las ventanas de los restaurantes, rojizas por la luz que se filtraba por los despulidos vidrios y las transparentes cortinillas, los esqueletos descarnados de los árboles, que alzaban las desmedradas ramas hacia el cielo plomizo y bajo, la misma animación de la multitud, ruidosa y alegre, aumentaron la horrible impresión que me dominaba. Caminé durante un cuarto de hora con paso bastante firme y... Me detuve un instante cerca de un pico de gas, cuya llama ardía en la oscuridad nocturna como una mariposa de fuego... ¿Cartas transparentes?, me dijo un muchacho, que guardó el obsceno paquete al volverlo a mirar.

La luz de las ventanas de una tienda de bronces me atrajo, y caminando despacio, porque sentía que las fuerzas me abandonaban, fui a pararme al pie de una de ellas.

Una mujer pálida y flaca, con cara de hambre, las mejillas y la boca teñidas de carmín, me hizo estremecer de pies a cabeza al tocarme la manga del pesado abrigo de pieles que me envolvía, y sonó siniestramente en mis oídos el pssit, pssit, que le dirigió a un inglés obeso y sanguíneo, forrado en cheviotte gris, que se había detenido a mi lado y que se fue tras ella. Al volver la cabeza, los faroles de vidrio rojo de un fiacre que cruzó por la bocacalle vecina, distrajeron mi atención por unos segundos. Me fijé luego en la ventana, y en el momento mismo en que vi el gran reloj de mármol negro con su muestra de alabastro y volante montado por fuera, colgando de la mano de una figura de bronce, sostenido por un hilo de metal dorado, comprendí a qué se refería la angustia horrible que había venido sintiendo en los días y las noches anteriores: ¡ah, indudablemente era el terror irrazonado, siniestro y lúgubre del año que iba a comenzar! Faltaban cinco minutos para las doce. El puntero de oro avanzaba sobre la muestra de alabastro. El volante iba y venía: tic tac, tic tac; tic tac; un hilo luminoso sobre el fondo de sombrío: tic tac, tic tac. Los dos espejos laterales de la ventana, al copiarse, reflejaban con un tinte verdoso de cadáver descompuesto mi fisonomía horriblemente desfigurada y pálida, el perfil adelgazado por el sufrimiento de los días anteriores y la maraña de la descuidada barba. Me pareció que estaba preso entre dos muros de vidrio y que jamás podría salir de allí. El volante iba y venía: tic tac, tic tac, y cada oscilación marcaba un grado más de angustia, de terror y de desesperación en mi alma. Rígido el cuerpo, crispados los nervios, exacerbados los sentidos. El murmullo del río humano que corría a mis espaldas se cambió para mis oídos alucinados en un sollozo infinito que iba a perderse en aquellos nubarrones plomizos y grises que encapotaban el cielo. Tic tac, tic tac, tic tac: El volante iba y venía sobre el fondo oscuro de la ventana. A cada segundo que pasaba lo sobrenatural se acercaba más y más para aparecérseme en el fondo del abismo de sombra que se abriría tras de la muestra de alabastro al sonar la hora del año nuevo. La hora se acercaba. Tic tac, tic tac... Quise huir para no ver aquello, y las piernas no obedecieron al impulso de la voluntad. Un frío mortal me subió desde los pies hasta la nuca. En la pesadilla sin nombre en que se deshacía mi ser, vi avanzarse hasta mí el reloj de mármol negro, como un ser viviente, y aterrado caminé para atrás cuatro pasos. Los doce golpes sonaron en mis oídos lentamente, gravemente, cubriendo todos los rumores de la calle con un ruido ensordecedor, metálico y fino de campanas de oro. Confundidos los punteros en uno solo para marcar la hora trágica del horror supremo, el volante se detuvo, inmóvil, como obedeciendo a un mandato de lo invisible. Espesa niebla flotó ante mis ojos, una neuralgia violenta me atravesó la cabeza de sien a sien, como un rayo de dolor, y caí desplomado sobre el hielo.

Cuando volví en mí estaba en mi cuarto, vestido, con la camisa abierta, acostado en el lecho. Marinoni estaba allí cerca, y Francisco rezaba, arrodillado, las oraciones de los agonizantes. Sobre la mesa cercana a mi lecho ardía un cirio al pie de un Cristo. La luz tétrica de la madrugada se filtraba por los calados de los balcones. Una neuralgia horrible me apretaba la cabeza como en un círculo de fierro; pero la impresión de angustia había desaparecido.

—¡Marinoni!, grité, me he salvado; acércate.

—Por milagro estás vivo. Eres un loco. Si supieras la noche que nos ha hecho pasar. ¿Cómo es eso de que estás bueno?...

—Estoy bueno. Tengo un dolor horrible que me va a matar tal vez, pero no siento la ansiedad de los días pasados. Dije eso y caí en una especie de letargia profunda.

De los primeros diez días de fiebre conservo confusas impresiones. Mis ojos no acostumbrados a la penumbra gris de la alcoba, percibían oscuramente lo blanco y lo negro del vestido de una hermana de caridad sentada a la cabecera del lecho, y el contorno de la nívea corneta que, contra la oscuridad de la pared, se le antojaba a mi pobre cerebro una garza con las alas abiertas, y por asociación de ideas evocaba el recuerdo de los pantanos de Santa Bárbara.

Al desaparecer la fiebre sentí una debilidad extrema. Ahora estoy en plena convalescencia, siento que la vida me vuelve con cada copa de los añejos vinos españoles que apuro, con cada bocado de los que devoro con apetito pantagruélico, y Charvet está encantado de ver la rapidez con que voy adquiriendo fuerzas.

Parece que el viejo me hubiera cogido cariño. Es sensual hasta las puntas de las uñas; tiene la pasión de la obra de arte, un gusto exquisito, y según dicen, posee la más hermosa colección de tapices persas que existe en París. Cuando viene a verme se acomoda en un sillón cerca del fuego, bebe a traguitos un jerez desteñido de cuarenta años, saboreándolo, viéndole el color al levantar a la altura de los ojos la frágil copa de Salviati, en que se le sirve y oliéndolo con delicia. A veces, como para excusarse de apurar la tercera, dice «excelente», pegándose a la boca los dedos recogidos de la mano, abriéndolos luego y extendiendo el brazo para levantarlo, con un movimiento blando que parece esparcir en el aire el perfume del añejo licor.

—Qué falta hace entre los tesoros de arte que han

amontonado usted en su vivienda una mujer, no una querida, que sería incapaz de entender nada de esto, sino una mujer muy joven y de gran raza, que gozara con cada detalle suntuoso y animara con su frescura las magnificencias sombrías de estos aposentos, donde usted debe echar de menos, a veces, una delicada presencia femenina... Cásese usted, amigo mío... El matrimonio es una hermosa invención de los hombres, la única capaz de canalizar el instinto sexual.

—¿Se sonríe porque le hablo así?... Ha de saber usted que la medicina no ha sido para mí más que una necesidad, un modo de ganar el pan. Yo tengo nervios de artista, no de hombre de ciencia; por eso me entiendo bien con usted. Aquí entre nosotros le confieso que una de las amarguras de mi vida es que mi nombre va a quedar pegado para toda la eternidad al de una asquerosa alteración de los cordones nerviosos de la médula. Esa idea me revuelve el alma. Un botánico desnicha, en alguna montaña del trópico, una hermosa planta de olorosas flores; un astrónomo observa un cometa, y la humanidad en lo futuro no puede separar su recuerdo de la imagen de los pétalos frescos, o de los luminosos rayos que caen de lo alto... Uno de nosotros, doblado sobre el cadáver sanguinolento, hurgándolo con el bisturí, ve una fea manchita que le parece anómala, somete el tejido al microscopio, gasta sus pobres ojos observándolo, escribe una monografía en que inventa lo que le falta saber, y por premio de sus esfuerzos consigue esto: que un charlatán, al desahuciar a un infeliz cuyo mal ignora, lo acabe de aterrar diciéndole: tiene usted un principio de mal de Brigth... no puedo hacer nada por su salud; estos síntomas denuncian la neuropatía cerebro—cardiaca de Krishaber, la ciencia es impotente; convénzase usted de que lo devora la enfermedad de Charvet... ¿Le parece a usted muy entretenido eso de que le den el nombre de uno a una cosa innoble?, concluyó, con las manos metidas en el fondo de los bolsillos y sacudiendo la cabeza con expresión de asco... Goce usted suavemente de la vida, cásese usted, amigo mío, sea usted feliz...

El regalo de Rivington, una copia suntuosamente enmarcada y hecha por mano de maestro del cuadro que adorna su sala, llegó hace cuatro días a mi hotel. Fue en el salón donde abrí la caja, retirando yo mismo los tornillos, levantando las tablas, rompiendo los papeles que lo envolvían, hasta contemplar la ideal imagen de la Idolatrada. Imposible permitir que una mano servil hubiera ejecutado aquella tarea. La pintura es un perfecto espécimen de los procedimientos de la cofradía prerrafaelista; casi nulo el movimiento de la figura noble, colocada de tres cuartos y mirando de frente; maravillosos por el dibujo y por el color los piececitos desnudos que asoman bajo el oro de la complicada orla bizantina que borda la túnica blanca y las manos afiladas y largas, que desligadas de la muñeca al modo de las figuras del Parmagiano, se juntan para sostener el manojo de lirios, y los brazos envueltos hasta el codo en los albos pliegues del largo manto y desnudos luego. El modelado de la cabeza, el brillo ligeramente excesivo de los colores, agrupados por toques, todo el conjunto de la composición se resiente del amaneramiento puesto en boga por los imitadores de los quattrocentistas. Está detallado aquello con la minuciosidad extrema, con todo el acabado que satisfaría al Ruskin más exigente; distingue quien lo mira uno a uno los rayos que forman la aureola que circuye los rizos castaños de la cabeza, los hilos de oro de la orla bordada, las ramazones de los duraznos en flor, los pétalos rosados de éstas, las hojas de las rosas amarillas, sobre la verdura de los matorrales, y en los retoños y yerbas del suelo podría un botánico reconocer una a una las plantas copiadas allí por el artista. Al pie de la pintura, sobre la orla negra, brilla en dorados caracteres latinos la frase:

*MANIBUS DATE LILIA PLENIS*

¿Quién era el pintor, ese J.F. Siddal, cuyo nombre está al pie de la tela, que con tan extremado amor puso la mística expresión de unción soberana y casi estática en el lienzo que puebla ahora mi casa y mi vida de dulcísimos ensueños?... Ni lo mencionan los críticos que han escrito sobre la Pre—Raphaelite Brotherhood, ni figura su nombre en ninguna galería, ni catálogo de museo.

¡Qué me importa el ideal de arte que le dictaba su técnica minuciosa, si ante mis ojos sonríes, con la suave gracia de los largos lineamientos de tu cuerpo delicado, con la misteriosa irradiación de tus pupilas azules que alumbran la sobrenatural palidez del semblante, enmarcado por los sedosos rizos castaños de la destrenzada cabellera!, ¡oh imagen que llenas mi vida y mi alma!...

He aquí lo que he encontrado para que, en el cuarto vecino al escritorio, donde amplia cortina de antiguo tejido y desteñidos matices deja caer sus pliegues a los lados del balcón enmarcándolo, esté junto lo mejor de mí mismo. Sobre las paredes tendidas de oscuro cuero de Córdoba sólo atraen las miradas dos telas: la copia enviada por el doctor Rivington y el retrato de la abuela, con su perfil de Santa Ana y las canas blancas destacándose sobre un fondo oscuro que pintó para mí James Mac'Neil Whistler, el extraño artista que, al decir de un crítico, sabe con extralúcida intuición desprender en sus obras, bañadas de misterio, lo suprasensible de lo real.

Al pie del retrato de Helena, pesada mesa de bronce cincelado sostiene las jardineras llenas de flores que pedí a Cannes por telégrafo. Sube hasta sus pies el aroma de las rosas rojas, de las rosas amarillentas y de las rosas blancas, de los ramos de violetas de Parma que languidecen en altas copas de cristal opalescente, de los montones de claveles blancos, áureos, sonrosados, purpúreos, confundidos con la suave emanación de las mimosas y de los lirios. Aquella oposición de vívidos tonos que cantan, tentaría la paleta de un colorista.

Sobre el verde de los veladores de malaquita contrasta el blanco de las pastas, ornamentadas con las tres hojas y la mariposa, de los tomos de versos que compré en Londres e hice encuadernar a mi antojo. Un solo sillón, donde bajo la mirada apaciguadora de sus ojos azules, voy a leer a Shelley y a Longfellow, y el pesado cofre de hierro donde guardo las joyas, su camafeo, y el ramo de rosas de Ginebra, forman el mobiliario del cuarto.

¡Ese ambiente de espiritualidad es el que requieres, amor de alma, para que vivas con intensa vida, y el único que me parece respirable hoy, en que mi ternura aspira a ti con todas sus fuerzas como débil planta que vuelve sus hojas hacia el sol!

Charvet, fastidiado de esperarme en el despacho, mientras me vestía, estaba acomodado en el sillón, la cabezota contra el espaldar de éste, los quevedos de oro montados en la nariz, y los poemas de Keats en la mano, cuando entré al saloncito.

—Los poetas ateos, de jóvenes, no creen en Dios, pero creen en los ángeles y en la Virgen Santísima, dijo levantándose al verme. Hasta ahora éste es el sitio donde he respirado atmósfera más espesa de misticismo... desde que paseo mi persona por este pícaro mundo. Si el pobre Scilly Dancourt entrara a este cuarto, se arrollidaría al ver el retrato colocado en este ambiente de capilla... Se pone usted malo... ¿Qué le pasa a usted?, añadió con cara de sorpresa... ¿He cometido una indiscreción al entrar aquí?... Perdóneme usted; vi la puerta entreabierta y no resistí la tentación de hacerlo; vamos a su escritorio.

Sentado cerca de éste, Charvet, instado por mí, con no sé qué frases locas, para que me explicara qué quería decir con lo que me había hecho temblar de sorpresa al oírlo, me dijo más o menos lo siguiente:

—Hizo doce años, a fines de enero, estaba en Provenza huyéndole al frío del invierno, cuando recibí un telegrama de un hotelero de Niza, ofreciéndome gruesa suma por ir a pasar algunos días allí y prestarle mis servicios a un enfermo grave. Era tan halagüeña la oferta que no vacilé en ponerme en camino, para presenciar a mi llegada una de las escenas más angustiosas que he visto en la práctica de mi profesión, tanto más cuanto que mi ciencia nada podía hacer para evitarla. Ahora, al ver ese cuadro, del cual poseo una fotografía regalada entonces por Scilly Dancourt, creo ver a la pobrecilla con la admirable belleza de sus veintitrés años, y recuerdo como si fueran cosas de ayer los horribles sufrimientos del pobre hombre cuando, arrodillado al pie del lecho, bebiéndole el aliento envenenado y besándola, volvía los ojos hacia mí, como pidiéndome que la defendiera contra la muerte. Doctor: ¡sálvela usted y le serviré de rodillas toda mi vida; soy rico; disponga usted de mi fortuna, pero sálvela!, me decía, suplicante; y yo comprendía el paroxismo de dolor que lo crispaba al ver la figura ideal y la mirada de ternura sobrehumana conque lo envolvían los ojos azules de la tísica.

La enfermedad había sido un resfriado, cogido la noche en que salieron de París; pero la frágil constitución de la enferma y quién sabe qué herencia de tuberculosis, hicieron estallar una tisis galopante, ante la cual fueron inútiles mis esfuerzos. Decirle a usted qué especie de dolor, de locura fue la del marido al convencerse de que estaba muerta, sería tarea imposible.

—Fuera de esta criatura, me decía, mostrándome días después una chiquitina de cuatro años que parecía comprender el horror de lo que había pasado y lo miraba con los mismos ojos azules de la madre y tenía aspecto delicado como el de una flor enferma, no tengo a nadie en el mundo. Me voy a África, me voy a Extremo Oriente, a recorrer toda la América, a viajar por años enteros para no morirme aquí de melancolía. ¡Pobre hombre! Me causó tal impresión verlo en ese estado, que recuerdo hasta sus últimas frases:

—Doctor: no se extrañe usted al verme sufrir así, al ver mi desesperación; usted no sabe que era una santa, usted no sabe que todas las de su raza han sido adoradas así, frenéticamente. ¿No ha oído usted contar la historia de Rossetti, el poeta pintor que casó con María Isabel Leonor Siddal, que era de la misma familia de mi mujer, hace veintitantos años?... y que ¿jamás pintó en sus cuadros ni cantó en sus versos a otra que a ella, y que muerta

146

ella depositó en el ataúd el manuscrito de sus poemas para que durmiera junto de la que los había inspirado?... Rossetti estuvo, al morir María Isabel, casi loco; y si años más tarde el cloroformo y la tristeza dieron cuenta de su vida, fue porque no hizo lo que voy a hacer yo, a pedirle a los viajes y al estudio de las religiones la fuerza necesaria para no dejar a esta chicuela sola en el mundo!, decía mostrándome a la niña.

—¿Y la fotografía, doctor?...

—¡Ah, sí! Ese cuadro que tiene usted es un retrato de la mujer de Scilly Dancourt, hecho por un hermano que abandonó la pintura después, para irse a la India, según me dijo entonces aquél... Y oiga usted... El amanerado imitador de los prerrafaelistas no hizo más que dañar el modelo al sujetarlo a las invenciones de su escuela, porque la muerta era más hermosa todavía; tenía una cabellera castaña de visos dorados, ese color auburn que dicen los ingleses, y unos ojos azules como no he visto otros después. Pobre hombre; no lo he vuelto a ver nunca.

—¿Ni a saber de él, doctor?..., le pregunté con mal disimulada impaciencia.

—Ni una palabra. Creo que la única persona a quien le escribe en París es al General des Zardes. Sirvió a sus órdenes como Capitán en la guerra con Prusia en 1870, y éste lo tiene en grande estima por su valor... ¿Y cómo vamos de salud?, inquirió, volviendo a sus carneros.

Charvet me autorizó desde ese día para volver a mi vida de antes de la enfermedad:

—Está usted hoy más fuerte que la tarde en que vino a mi consulta por primera vez. Goce usted suavemente de la vida... Sea usted feliz, me dijo, golpeándome el hombro al salir.

¡Gozar de la vida sin ella! Gozaré de la vida cuando me arrodille a sus pies. ¡Bendito seas rayo de luz que has caído en la noche de mi alma y que me permitirás encontrarla!

—Cuanto le puedo contar es cuento le he contado; diríjase usted al profesor Mortha, a quien Scilly Dancourt le escribe con frecuencia sobre sus chifladuras de orientalismo y de historia religiosa, dijo, con su voz ruda y levantándose de la silla, en el salón del Círculo, el viejo General des Zardes. Diríjase usted a Mortha... Ahora resulta usted preocupado también de esoterismo y de religiones. Creía que la vida de cuartel que ha llevado lo había preservado de esas vagabunderías. Y es usted joven para ser General, agregó con irónica expresión, torciéndose el viejo mostacho canudo.

—Yo no soy General, le contesté, riéndome, al oír aquella salida.

—Pues es extraño... Todos los paisanos de usted que yo he conocido en el Círculo, son generales, gruñó, despidiéndose.

Poco más había adelantado con la conversación que tuve con él y que acabó con aquella frase evocatoria de las charreteras de fácil adquisición en nuestras repúblicas latinoamericanas. Contóme en ella la campaña hecha por ambos, él como Coronel, Scilly Dancourt como Capitán en la quinta división del ejército mandado por el General de Tailly, las marchas y contramarchas, las indecisiones y los desaciertos de la funesta campaña; me pintó al pobre Emperador átono y decaído, sumido en la incertidumbre y en el silencio; puso por las cumbres a Trochu que, al decir suyo, habría salvado a Francia si hubiera realizado sus planes; llamó imbéciles a Rouher, a Montauban y a Chevreau; insultó a Bazaine, glorificó a Mac—Mahon; me describió a gritos y con voces técnicas las batallas de Saint—Privat, de Wissenbourg y de Froeschwiller, y el aire de mortal tristeza y de embrutecimiento de Napoleón al ver entrar sucesivamente a la Prefectura de Sedán a Ducrot, a Douay luego, a Lebrun después; el diálogo brutal entre Ducrot y Wimpfen y la salida de éste a parlamentar con el enemigo.

—Scilly Dancourt, me dijo energizándose, no vio el fin de la batalla, ni figura su nombre en el registro de las vergonzosas capitulaciones, ni se llevó de Sedán en los ojos el horror de ver a nuestros noventa mil soldados que, inutilizados por los días que pasaron en el campo de la miseria, con los pies metidos entre el barro, empapados por la lluvia, temblando de hambre y de sed, de frío y de vergüenza y sintiendo la trágica sacudida del desmoronamiento del imperio, esperaban a los batallones de reclutas alemanes que habían de llevarlos prisioneros a Prusia. No, Scilly Dancourt no vio nada de esto. Después de animar a los nuestros con su coraje de león, de excitarlos con el grito, con el ademán y con el ejemplo, y de recibir tres heridas, al ver perdida la batalla, desapareció, nadie sabe cómo. Revuelta el alma por las desgracias de Francia, pasó a Inglaterra, donde contrajo matrimonio unos años después con la hija de un actor o de un músico de fama, y cuando murió ésta, se ausentó de Europa... Ya le digo a usted, el único que sabe de él es Mortha, a quien le escribe sobre esas chifladuras de religiones y de orientalismos.

El corazón se me saltaba del pecho al entrar la última vez al entresuelo de techo bajo y ruin aspecto situado en una callejuela del Barrio Latino, donde el autor de «Las Religiones de Oriente» recibe los escasos visitantes que van a distraerlo de sus preocupaciones habituales, la interpretación de seculares textos sagrados, de los viejos himnos litúrgicos y de los cultos primitivos de la humanidad. ¡Voy a hablarle de Scilly Dancourt y va él a decirme dónde encontraré a Helena!, pensaba dentro de mí, sentado ya en un canapé de la pobre y aseada salita que precede el cuarto de estudio, y contemplando una escultura asiria, un cuerpo de león alado con cabeza humana de luenga y rizada barba, coronada por la tiara sacerdotal, que, frente a frente del Budha ventrudo, que sonríe sobre la pobre y negruzca chimenea, forma el único adorno de la estancia.

Mortha es un viejecito adorable, con una cara larguísima cuya amarillenta y apergaminada piel cruzan hondas arrugas verticales, y una cabellera de seda blanca toda despeinada, de la cual le caen pelos sueltos y largos por sobre la frente enorme y los ojos vivísimos y negros. Cuando se ríe hay algo de infantil en la alegría, que le anima la cara, y canas, arrugas y ojos, todo se ríe. Sus libros y la necesidad de obtener indicaciones sobre una inscripción lapidaria fueron la disculpa con que me le presenté hace ya varios días. Me habló en la primera entrevista de unos pergaminos egipcios que estaban para la venta en Londres, hícelos comprar allí por Morrell y Blundell, se los envié y estamos al partir de un confite; me cree un egiptólogo consumado.

Al entrar al cuarto, lleno de papeles, de piedras, de restos de estatuas y de inscripciones, estaba escribiendo algo con su letrica finísima, y un rayo de sol que se colaba por la ventana le hacía brillar como plata las canas blanquísimas.

—¿Escribía usted, querido maestro?... preguntéle.

—Sí, anotaba la traducción hecha por mi cofrade Máspero, del himno descubierto por Grebaut cerca de las necrópolis de Zaouyet—el—Anyan. Oiga usted qué sublimidad:

Tú te levantas, benéfico Ammón Ra Harmakouti —. Tú te despiertas, verídico Señor de los dos horizontes, ardes, resplandeces, subes y culminas —. Los hombres y los dioses se arrodillan ante esa que es tu forma—. ¡Oh, Señor de las formas!

Una hora entera en que lo hice hablar y no hablé para que no descubriera mi superchería, y al cabo de la cual lo traje por enredados caminos al asunto en que tengo puesta toda mi alma.

—¡Ah, sí! Scilly Dancourt, me dijo; pero Scilly Dancourt no es un especialista, es un hombre que quiere saber todo lo referente a todas las religiones. Los ritos egipcios del Antiguo Imperio los conoce bastante. Hace seis años recibí su última carta, datada en Abydos, donde estaba estudiando los bajorrelieves del templo. Tenía buenos datos para ser dados por un aficionado, pero su fuerte son las religiones de la India. Es uno de los pocos europeos que ha logrado entrar al fondo de los santuarios de Benarés y cultivar relaciones íntimas con los sacerdotes budistas de las pagodas del Sur; pero no vaya usted a creerlo un hombre de ciencia, y sobre todo, un hombre desinteresado en sus estudios. Lo que él persigue es la esencia misma de las religiones, lo sobrenatural, con que nada tenemos que ver los que procedemos de buena fe. No hay religión que no haya estudiado, haciendo para ello enormes viajes e inauditos gastos, visitando los santuarios y recorriendo los lugares en que nació. A estos últimos charlatanismos de la fuerza psíquica y de las telepatías, de las sugestiones a largas distancias y de las apariciones luminosas, los conoce como Crookes, y creo que se ríe de ellos. Estuvo en el Congreso de Religiones de Chicago, en 1893, sin tomar parte en él, y estoy seguro de que les habría podido enseñar algo de la suya a cada uno de los asistentes. Nosotros nos escribíamos hasta hace seis años, y de repente dejó de contestarme. Supe después por mi colega Chennevieres que lo encontró en Roma, que estaba allí con un hijo suyo. Parece que ese joven ha hecho los mismos estudios que el padre, y que fue quien lo indujo a abandonarlos, para entregarse al culto católico con raro fervor. Me ha referido Chennevieres que vivían cerca al Vaticano, que el Papa los recibía frecuentemente y que comulgaban todos los días en la misa dicha por Su Santidad. Yo he seguido escribiéndole a Scilly de acuerdo con la promesa que le hice de comunicarle los resultados obtenidos en mis estudios de las antiguas religiones de Egipto, pero no me ha vuelto a contestar.

—¿Y le escribe usted a Roma sabiendo que él viaja continuamente?..., le pregunté.

—No, son sus banqueros quienes corren con dirigirle las

cartas; yo las envío a la oficina de Lazard, Casseres y Compañía. Poco más deben de interesarle mis pacientes investigaciones a nuestro amigo, que lo que buscaba en sus viajes no era la ciencia de los orígenes y del desarrollo de las religiones, sino un culto que practicar, y por fin vino a dar al catolicismo, para lo cual sobraban todas las vueltas que dio. ¡Cuando yo le digo a usted que Scilly Dancourt no ha sido nunca un sabio y que sus investigaciones no eran desinteresadas!

Al fin di con el hilo de la luz que busco, con la pista que sigo para encontrarte, ¡oh!, camino que me llevarás hacia ella, pensé sorprendido de la feliz casualidad que me hizo poner en manos de Lazard, Casseres y Compañía, las sumas que había mantenido en casa de Miranda hasta el año antepasado! ¡Bendita seas tú, Actriz de los Bufos, ídolo de mi amigo el instintivo repórter don Vicente, que con tu apetito de diamantes y el dominio que ejerces sobre él y el temor que sentí de que fuera a caer mi oro en tus rosadas manecitas, junto con los patacones de don Mariano, hiciste surgir en mi cerebro la idea de trasladar mis fondos a casa de los judíos!, pensaba subiendo la escalera monumental del escritorio de éstos. Un banquero judío sirve para todo... hasta para decirle a uno dónde está la visión con que sueña. ¡Oh, Israel!, murmuré dentro de mí mismo al empujar la puerta del escritorio.

Nathaniel Casseres, doblado en dos, las narices de águila, los ojos verdosos, el collar de barba rubia, todo él encantado de verme, me estrechó la mano con afectuoso ademán y me juró que su familia había estado consternada con mi enfermedad. Vivió el tipo cuatro años en Buenos Aires y habla español, un español aprendido en Francfort, que destroza los oídos.

—¿A qué depemos el fonor de per al señor Fernández en esta su casa?... ¿Tiene compras que hacer u ortenes que tar?...

Y al explicarle que deseaba saber el lugar donde estaba su cliente y que le suplicaba me informara de él:

—¡Ah, sí! Puen cliente, puen hombre, puena persona el señor Chilly... Puen cliente, puen hombre, puena persona, pero no

152

puedo informarlo a usted te lo que tesea... y más o menos me explicó esto. Los únicos negocios que la casa de Lazard, Casseres y Compañía tiene con el Conde, consisten en recibir de una compañía de seguros sobre la vida gruesa suma que le paga ésta, a la cual entregó su capital para recibir renta viajera. Al oírlo me corrió un estremecimiento de frío por las espaldas. Y si llegara a morir, ¿qué sería de la suerte de Helena, abandonada, sola, sin fortuna, sin amigos?...

—Otra operación hacemos por su cuenta, continuó el obsequioso Nathaniel, es pagar instalamentos de un seguro de vida de una hija suya, para que ésta lo reciba al cumplir veinte años; un seguro fuerte, que le devolverá a la señorita Scilly Dancourt el capital que su padre entregó a la compañía, hábil operación, pero que sobre todo satisface los gustos de nuestro cliente, que no quiere ocuparse de negocios, ni de dinero, y que gira a nuestro cargo por cualquier suma que se le ofrezca, desde cualquier punto de Europa, Asia, América, África u Oceanía, donde toman sus cheques nuestros banqueros, porque la casa tiene agentes en todo el mundo, agregó, complacido. Para él no llega aquí más correspondencia que la de un sabio su amigo. Hace tres años recibimos del señor Scilly telegrama de Roma, dando orden de no enviarles esas cartas, y la casa, cumpliendo las suyas, las guarda aquí. El no escribe nunca.

—¿Y dónde está fechado el último cheque del señor de Scilly?, pregunté.

—He dado a usted todos esos datos en estricta reserva, y así le daré el otro. Permítame usted hablo con el tenedor de libros para informarlo.

—De Alejandría, y es por una suma fuerte. Probablemente seguiría para Oriente... El año pasado, por esta época, recibimos un cheque de Benarés... ¡Puen cliente, puen amigo, puena persona el señor de Chilly Tancourt!

Y haciendo reverencias y ofreciéndome que la casa estaría a mis órdenes siempre, me acompañó hasta la puerta, por donde salí desesperado.

¡Dios mío, un mes perdido así, cultivando imbéciles, oyendo referir la batalla de Sedán y leer los himnos a Ammón Ra Harmakouti, y sabiendo por los judíos cómo está colocada la fortuna del padre, todo esto sin encontrar el camino que me lleve hacia ella! Hoy me sé la historia de los Scilly como tal vez no la sabrá el Conde, que no tiene cara de darle importancia a esas vanidades. Cuanto libro he encontrado que pueda darme luz sobre los antepasados de Helena, lo he leído con una paciencia de benedictino. Tengo la cabeza llena de nombres y de hechos que van desde el año de cuarenta y ocho, en que un Scilly, amigo íntimo de Lamartine, figuró en la política, hasta el mil trescientos veintisiete, en que otro partió para la primera Cruzada. Sé sus armas y sus blasones, su escudo de combate y su grito de guerra. ¡Dios mío! ¿Y qué me importa todo eso si pierdo la esperanza de encontrarla y si me desespera perder esa esperanza? ¡Helena, amor mío, Helena, amor mío de mi alma, ven, surge, aparécete ante mis ojos cansados de buscarte y hunde en ellos las penetrantes miradas de tus pupilas azules, para que veas hasta mi alma y que en ella sólo te reflejas tú, como en las aguas de un lago dormido, el cielo constelado de astros!

Sólo una ventaja retiré de las entrevistas con el General des Zardes, con Mortha y con el obsequioso judío, que mi amor por Helena, de quien conozco ya la familia, la historia del padre y la inversión de la fortuna de éste, se haya dulcificado, sin disminuirse, pero humanizándose, por decirlo así. Sólo el amor comprende, Idolatrada, de quien por intuitiva adivinación sé hasta los más recónditos secretos de bondad y de nobleza; ¡sólo el amor comprende! Para el General des Zardes no existes, sólo vive en su imaginación la imagen de tu padre, tal como lo vio en los días de la funesta campaña; para el profesor Mortha eres un mozo ocupado en estudios de historia religiosa, el judío sólo sabe de ti el oro que recibirás al cumplir los veinte años! ¡Sólo el amor comprende! Charvet, a quien la práctica de su profesión no le ha endurecido el alma, como a tantos de sus queridos colegas, sabe la agonía del ser que te dio la vida, recuerda el horrible dolor de tu padre cuando el trágico suceso, y entrevió en tus ojos de niña el fulgor que tienen hoy, el fulgor terrible de santidad y de dulzura que alumbró mi alma en la noche de Ginebra. Sólo yo, que quiero buscar en ti la luz que me alumbre y el áncora que me salve, sé de ti todo cuanto saben ellos juntos y te adivino tal como eres... ¡Sólo el amor comprende!

Hoy hay dos lugares en la Tierra donde no se posan pies humanos. Envuelve sagrado silencio la atmósfera que en ellos se respira; son la estancia donde murió la santa de los cabellos de plata cuyo perfil sonríe a seis pasos de este sitio, en el cuadro de

Whistler, y el cuarto, tomado en alquiler por diez años al hotelero suizo y cuya llave está en la caja de hierro cerca del camafeo; el cuarto por cuyo balcón me arrojó ella el ramo de rosas en la noche inolvidable.

Se vuelve a lo europeo
a las *preferencias* de la metrópoli
*América* es desconocida
Se da a conocer por el
personaje

Decía ayer que mi amor se dulcificaba, humanizándose... ¡Ah, sí!... ¡Sólo mi espíritu la reclamaba hace unos días, y ahora todo mi ser la reclama!... Antes de encontrarla no sabía lo que era el amor y había besado sólo con la imaginación, mis ideales de poeta, con mis labios de carne las bocas lascivas y entreabiertas de mis fáciles idolatradas. Ahora mi espíritu y mis labios sueñan con ella, y si en ella pienso vibra todo mi ser, como las cuerdas de un instrumento sonoro bajo el arco inspirado del artista que les comunica su alma.

Puesto que revestida de misterio y de más allá, entraste en mi vida, virgen inmaculada y dulcísima, nuestro amor será un éxtasis. Ennoblecidos por ti, los detalles de la existencia diaria se transfigurarán, y cada paso andado por los caminos de la tierra será un paso hacia lo alto. Por ti abandonaré los planes destinados a hacer pasar mi nombre a los tiempos venideros. ¡Qué más gloria que vivir arrodillado a tus pies sintiendo la caricia de tus manos y bebiendo en tus labios la esencia misma de la vida!

Oye: en la tierra que me vio nacer hay un río caudaloso que se precipita en raudo salto desde las alturas de la altiplanicie fría hasta el fondo del cálido valle donde el sol calienta los follajes y dora los frutos de una flora para ti desconocida. Las cataratas del Niágara, profanadas por los ferrocarriles y por la canallería humana que va a divertirse en los hoteles que las rodean, son un lugar grotesco cerca de la majestad de templo del agreste sitio, donde cae en sábana de espumas, atronando los ecos de las montañas seculares, el raudal poderoso. Cortada a pico sobre el abismo, donde la niebla se irisa y resplandecen las aguas a la salida del Sol, álzase ingente y rígida roca de basalto. Aquella roca es el lindero de una de mis posesiones.

Sobre ella construiré para ti un palacio que revista por fuera el aspecto de renegrido castillo feudal, con sus fosos, sus puentes levadizos y sus elevados torreones envueltos en verdeoscura yedra y grisosos musgos y que en el interior guarde los tesoros de arte que poseo y que animarás tú con tu presencia. Viviremos, cuando la vida de Europa te canse y quieras pedir impresiones nuevas a los grandiosos horizontes de las llanuras y a las cordilleras de mi patria, en aquel nido de águilas que por dentro será un nido de palomas blancas, lleno de susurros y de caricias. Habrá mañanas de sol en que nos verán pasar cabalgando en una pareja de caballos árabes, por los caminos que se extienden en la sabana, y los rudos campesinos se arrodillarán al verte, creyendo que eres un ángel, cuando claves en sus cuerpos deformados por las rústicas faenas, la resplandeciente mirada de tus pupilas azules; habrá noches en que en el aire perfumado del cuarto, donde humea el té rubio en las tazas de China y alumbra el suntuoso mobiliario la luz de las lámparas, atenuada por pantallas de encaje, vibren las frases sublimes de una sonata de Beethoven, arrancada por tus pálidas manos al teclado sonoro y en que, desfalleciente de emoción contenida, te levantes del piano para contemplar desde el balcón de piedra la catarata iluminada por la Luna. ¡Apoyarás entonces la cabeza en mi hombro, me envolverán los rizos castaños de la destrenzada cabellera, volverás hacia los míos tus radiosos ojos azules, y la palidez sobrenatural de tu semblante, la mortal palidez exangüe de tus mejillas y de tu frente se sonrosará bajo los besos de mis labios!.

¡Helena! ¡Helena! Me corre fuego por las venas y mi alma se olvida de la tierra cuando pienso en esas horas que llegarán si logro encontrarte y unir tu vida con la mía!...

Ayer saltó otro edificio destrozado por una bomba explosiva, y la concurrencia mundana aplaudió en un teatro del bulevar hasta lastimarse las manos, La Casa de Muñecas, de Ibsen, una comedia al modo nuevo, en que la heroína, Nora, una mujercilla común y corriente, con una alma de eso que se usa, abandona marido, hijos y relaciones para ir a cumplir los deberes que tiene consigo misma, con un yo que no conoce y que se siente nacer en una noche como hongo que brota y crece en breve espacio de tiempo. Así a estallidos de melinita en las bases de los palacios y a golpes de zapa en lo más profundo de sus cimientos morales, que eran las antiguas creencias, marcha la humanidad hacia el reino ideal de la justicia, que creyó Renán entrever en el fin de los tiempos. Ibsen y Ravachol le ayudan, cada cual a su modo; cae el primer magistrado de Francia herido por el puñal de Cesáreo Santo, y escribe Suderman La dama vestida de gris, donde la abnegación y el amor a la familia toman tintes de sentimientos grotescos, sin que el final de cuento de hadas, agregado por el novelista a su obra, como un farmaceuta hábil, echaría jarabe para dulcificar una pócima que contuviera estricnina, alcance a disimular el acre sabor de la letánica droga.

Tórnase el arte en medio de propaganda antisocial, síntoma curioso que coincide con la tendencia negadora de la ciencia falsa, la única al alcance de las multitudes.

¡Mientras más pura es la forma del ánfora más venenoso puede juzgarse el contenido; mientras más dulce el verso y la música, más aterradora la idea que entrañan!

Moriste a tiempo, Hugo, padre de la lírica moderna; si hubieras vivido quince años más, habrías oído las carcajadas con que se acompaña la lectura de tus poemas animados de un enorme soplo de fraternidad optimista; moriste a tiempo; hoy la poesía es un entretenimiento de mandarines enervados, una adivinanza cuya solución es la palabra nirvana. El frío viento del Norte, que trajo a tu tierra la piedad por el sufrimiento humano que desborda en las novelas de Dostoievski y de Tolstoi, acarrea hoy la voz terrible de Nietzsche.

Oye, obrero que pasas tu vida doblado en dos, cuyos músculos se empobrecen con el rudo trabajo y la alimentación deficiente, pero cuyas encallecidas manos hacen todavía la señal de la cruz, obrero que doblas la rodilla para pedirle al cielo por los dueños de la fábrica donde te envenenas con los vapores de las mezclas explosivas, oye, obrero, ¿nada evocan en tu rudimentario cerebro las rudas sílabas de ese nombre germano, Nietzsche, cuando vibran en tus oídos?... Los ecos del Norte las repercuten, suenan ya en todo Europa y sus discípulos predican el evangelio de mañana. No lo creas parecido al evangelio que cuenta la historia del pálido Nazareno diciendo las consoladoras bienaventuranzas junto a las ondas azules del dormido lago de Tiberiades y expirando en lo alto de la cruz, con el cuerpo amoratado por los golpes y la pálida frente destrozada por la corona de espinas; es un evangelio que cuenta la historia de Zaratustra, en una cueva, meditando, entre el águila y la serpiente, en el reavalúo de todos los valores. ¿Nada le sugiere tampoco esa frase a tu obtuso entendimiento?... Es que la humanidad había estado recibiendo como verdaderas, nociones falsas sobre su origen y su destino, y el profundo filósofo encontró una piedra de toque en qué ensayar las ideas como se ensayan las monedas para saber el oro que contienen. Eso es lo que se llama reavaluar todos los valores. Lo que tú llamas conciencia, eso que te atormenta cuando crees haber cometido una falta, no es más que el instinto de la crueldad que puedes ejercer contra los otros, y que al no ejercerlo, porque la sociedad te lo impide encerrándote en la noción del deber, como a un león en una jaula de fierro, te atormenta como atormentarían sus inútiles garras al flavo animal si las hundiera en su propia carne al no poder destrozar los barrotes rígidos ni la presa deliciosa. Esos mismos deberes en que crees, no son más que la invención con que una raza potente y noble de hombres alegres que reían entre los incendios, los estupros, los asesinatos y los robos, sujetó a las razas de débiles vencidos, de que hizo sus esclavos. Los buenos entre los vencedores eran los más crueles, los más brutales, los más duros, y los esclavos inventaron como virtudes las cualidades opuestas a las que veían en sus amos: la continencia, el sacrificio de sí mismo, la piedad por el sufrimiento ajeno. En la revuelta de los esclavos, que tuvo lugar hace siglos, fue necesaria una víctima para que tuvieran una bandera que levantar, un hombre que juntara en sí todas aquellas falsas virtudes y muriera por afirmarlas, e Israel crucificó al Cristo, a ese que tú creías Dios, y triunfó la moral de los débiles, la que te enseñó tu padre, ésa sobre la cual está fundada la sociedad de hoy.

¿Tú no sabías nada de eso, obrero que con las manos encallecidas por el trabajo haces todavía la señal de la cruz y te arrodillas para pedir por los dueños de la fábrica donde te envenenan los vapores de las mezclas explosivas? Pues sábelo, y regenerado por la enseñanza de Zaratustra, profesa la moral de los amos; vive más allá del bien y del mal. Si la conciencia son las garras con que te lastimas y con que puedes destrozar lo que se te presente y coger tu parte de botín en la victoria, no te las hundas en la carne, vuélvelas hacia afuera; sé el sobrehombre; el Ubermensch libre de todo prejuicio, y con las encallecidas manos con que haces todavía, estúpido, la señal de la cruz, recoge un poco de las mezclas explosivas que te envenenan al respirar sus vapores, y haz que salte en pedazos, al estallido del fulminante picrato, la fastuosa vivienda del rico que te explota. Muertos los amos serán los esclavos los dueños y profesarán la moral verdadera en que son virtudes la lujuria, el asesinato y la violencia. ¿Entiendes, obrero?...

Así, a estallidos de melinita en las bases de las ciudades y a golpes de zapa en lo más profundo de sus cimientos morales, que eran las antiguas creencias, marche la humanidad hacia el reino ideal de la justicia que entrevió Renán en el fin de los tiempos. Nietzsche, Ibsen y Ravachol le ayudan, cada cual a su modo.

Allá en las más excelsas alturas de lo intelectual, noble grupo de desinteresados filósofos, indaga, investiga, sondea el inefable misterio de la vida y de las leyes que la rigen, y transforma sus pacientes estudios en libros que carecen de categóricas afirmaciones, que apenas anotan lo bien sabido, lo que cae bajo el dominio de la observación; en libros que muestran en el límite de la humana ciencia «las olas negras del océano del misterio para embarcarnos en el cual no tenemos ni barca ni brújula», al decir de la grandiosa frase de Littré. Coincide la impresión religiosa que esos grandes espíritus experimentan al considerar el problema eterno y expresan en sus obras, con el renacimiento idealista del arte, causado por la inevitable reacción contra el naturalismo estrecho y brutal que privó hace unos años. En vez de las prostitutas y de las cocineras, de los ganapanes y de los empleadillos que ganan cien pesetas al mes, deléitanse los novelistas en pintarnos grandes damas que se mueven en suavísimos ambientes, magas que realizan los prodigios de los antiguos teúrgos y sabios que poseen los secretos supremos. Tórnase la música de sensual modulación que acariciaba los oídos y sugería voluptuosas tentaciones, en misteriosa voz que habla al cerebro; pasan místicas sombras por entre el crepúsculo que envuelve las estrofas de los poetas y toman forma en los lienzos, las visiones del más allá. Los exploradores que vuelven de la Canaan ideal del arte, trayendo en las manos frutas que tienen sabores desconocidos y deslumbrados por los horizontes que entrevieron, se llaman Wagner, Verlaine, Puvis de Chavannes, Gustave Moreau.

En manos de los maestros la novela y la crítica son medios

de presentar al público los aterradores problemas de la responsabilidad humana y de discriminar psicológicas complicaciones; ya el lector no pide al libro que lo divierta sino que lo haga pensar y ver el misterio oculto en cada partícula del Gran Todo.

¿Dudas todavía del renacimiento idealista y del neomisticismo, espíritu que inquieres el futuro y ves desplomarse las viejas religiones?... Mira: del oscuro fondo del Oriente, patria de los dioses, vuelven el budismo y la magia a reconquistar el mundo occidental. París, la metrópoli, les abre sus puertas como las abrió Roma a los cultos de Mitra y de Isis; hay cincuenta centros teosóficos, centenares de sociedades que investigan los misteriosos fenómenos psíquicos; abandona Tolstoi el arte para hacer propaganda práctica de caridad y de altruismo, ¡la humanidad está salvada, la nueva fe enciende sus antorchas para alumbrarle el camino tenebroso!

¡Ah, sí! ¿Pero tú no sabes, crítico optimista, que cantaleteas el místico renacimiento, y al ver esos síntomas cantas hosanna en las alturas y paz sobre la tierra a los hombres de buena voluntad, qué es lo que le llega al pueblo, a la masa, al rebaño humano, de todos esos fulgores que te deslumbran, del inarmónico coro que forman esas voces al rezar el «Padre nuestro que estás en los cielos», que es la oración a la moda, entre los intelectuales de hoy?... Pues voy a decírtelo: lo que el pueblo comienza a saber es lo que le enseñan los vulgarizadores de la falsa ciencia, la única vulgarizable, los Julio Verne de la psicología y de la doctrina evolucionista, es que el hombre tuvo por antepasado al mono y que el deber es sólo el límite de la fuerza de que disponemos. Hay voces que le gritan a las multitudes: «Mira: ese viejecito pálido, vestido de blanco, que se pasea prisionero por el Vaticano, es un farsante; ese muñeco que está allá arriba en la cúspide del edificio social, un imbécil». Y mientras los neomísticos inventan sus religiones para poetas, para venteros millonarios o para sabios purificados por el estudio, el populacho alza los ojos y mira. Así los alzaba hace ciento veinte años, para ver, entre la atmósfera de la corte, perfumada de mariscala, los tacones rojos de las favoritas, las empolvadas pelucas, las chorreras de encajes, las casacas de colorines de los cortesanos que rodeaban al sifilítico monarca. Voltaire no había reído aún; Rousseau no había llorado todavía. Oyó la fiera de repente la blasfemia y el sollozo, se sacudió del letargo en que dormía, clavó las garras en la presa dorada y el charco de sangre del Terror mostró el poder de sus garras y los destrozos de su ira sangrienta.

En los últimos años, al alzar las miradas hacia lo alto lo que el león ha visto es la cara imbécil de papá Grévy, y tras de ella el perfil judío de Daniel Wilson, que, como un ratero, se guardaba el oro, producto de la venta de gloriosas condecoraciones; lo que ha visto es al brave général, caracoleando en el negro caballo; lo que ha visto es el asunto de Panamá, aquella lluvia de lodo que salpicó las canas de Lesseps y las frentes de tantos de sus senadores ilustres.

¿Crees tú, crítico optimista que cantaleteas el místico renacimiento y cantas hosanna en las alturas, que la ciencia notadora de los Taine y de los Wundt, la impresión religiosa que se desprende de la música de Wagner, de los cuadros de Puvis de Chavannes, de las poesías de Verlaine y la moral que le enseñan en sus prefacios Paul Bourget y Eduardo Rod, sean cadenas suficientes para sujetar a la fiera cuando oiga el Evangelio de Nietzsche?... El puñal de Cesáreo Santo y el reventar de las bombas de nitroglicerina pueden sugerirte la respuesta.

Una oleada poderosa de sensualismo me corre por todo el cuerpo, enciende mi sangre, entona mis músculos, da en mi cerebro relieve y color a las más desteñidas imágenes y hace vibrar interminablemente mis nervios al contacto de las más leves impresiones gratas. No es fuera de él, es en el fondo de mi espíritu donde está subiendo la savia, donde están cantando los pájaros, donde están reventando los brotes verdes, donde están corriendo las aguas, donde están aromando las flores, al recibir los besos tibios de la primavera. El amor ha hecho su nido en mi alma. ¡Músicas que flotáis en ella, líneas, colores, olores, contactos, sensaciones de fuerza desbordante, sangre que me enciendes las mejillas, sueños que aleteáis en la sombra, delectación morosa que traes ante mí el voluptuoso cuadro de los placeres pasados y me hostigas con el recuerdo de sus punzantes delicias, todos vosotros bailáis un coro báquico, una saturnal en que los besos estallan, y los cuerpos se confunden y caen entrelazados sobre el césped aromoso y blando! ¡Helena, Helena! ¡Tengo sed de todo tu ser y no quiero manchar los labios que no se posan en una boca de mujer desde que la sonrisa de los tuyos iluminó mi vida, ni las manos, impolutas de todo contacto femenino, desde que recogieron el ramo de rosas arrojado por tus manos! ¡Helena! ¡Ven, surge, aparécete, bésame y apacigua con tu presencia la fiebre sensual que me está devorando!

Ahí estaban en la tiendecita Bassot, situada en la calle de la
Paz, deleitando los ojos con el brillo de las piedras aglomeradas
ante mí sobre el vidrio del mostrador por las manos del aristocrático joyero. Del gran Balzac cuentan que, enamorado de los visos
rosados de dos perlas gemelas, trabajó un año para adquirirlas;
de Richelieu moribundo, que hundía las flacas manos en el cofre
rebosante de pedrería y que al hacerlas brillar se le iluminaban
los apagados ojos. Sírvame conmigo mismo de excusa tan ilustres ejemplos para disculpar mi pasión, superior a las de ellos
por vosotros, misteriosos minerales, más sólidos que el mármol,
más duros que el metal, más durables que las humanas cons-
trucciones, más radiosos que la luz que reflejáis, centuplicándola
y colorándola con los matices de vuestra esencia. ¡Oh, piedras
rutilantes, espléndidas e invulnerables, vívidas gemas que dormisteis por siglos enteros en las entrañas del planeta, delicia del
ojo, símbolo y resumen de las riquezas humanas! Los diamantes
se irisan y brillan como gotas de luz; semejan pedazos del cielo
del trópico en las noches consteladas los oscuros zafiros; tú, rubí,
ardes como una cristalización de sangre; las esmeraldas ostentan
en sus cristales luminosos los verdes diáfanos de los bosques de
mi tierra; tenéis vosotros, topacios y amatistas que ornamentáis
los gruesos anillos episcopales, coloraciones suaves del cielo en
las madrugadas de primavera, son azulinas, sonrosadas y verde
pálidas las llamas que arden entre tu leche luminosa, ópalo cambiante; crisoberilos: vosotros brilláis con áureo brillo, como los

166

ojos fosforescentes de los gatos, y quién dirá la delicia que procuráis a quien os mira, ¡oh, perlas! ¡más discretas en vuestro brillo que las gemas radiantes, perlas que os formáis en el fondo glauco de los mares, perlas blancas de suavísimo oriente, perlas rosadas de Visapour y de Golconda, fantásticas perlas negras de Veraguas y de Chiriquí, perlas que adornáis las coronas de los reyes, que tembláis en los lóbulos de las orejas sonrosadas y pequeñuelas de las mujeres, y os posáis como un beso sobre la frescura palpitante de los senos desnudos! ¡Más artista y más crédula la humanidad de otros tiempos, os revistió con el sagrado carácter de amuletos y mezcló a la sensual delicia que esparcen vuestras luces la veneración por vuestros mágicos poderes, diamantes conjurados de las maldiciones y los venenos, zafiro que preservas de los naufragios, esmeralda que ayudas los partos difíciles, rubí que das la castidad, amatista que evitas la embriaguez, ópalo que te empalideces si la Idolatrada nos olvida! ¡Oh, piedras rutilantes, invulnerables y espléndidas, vívidas gemas que dormisteis por largos siglos en las entrañas del planeta, delicia del ojo, símbolo y resumen de las riquezas humanas!

Ahí estaba en la tienda de Bassot, cuando, frente, en la puerta, se detuvo el coche de elegante y sencillo aspecto. Con movimientos ágiles y miradas de inquietud, como de venada sorprendida, bajó de él, caminó diez pasos, en que al través del vestido de opaca seda negra, ornamentada de azabaches, adiviné las curvas deliciosas del seno, de los torneados brazos y de las piernas largas y finas, como las de la Diana Cazadora de Juan Goujon, y vino a detenerse junto al mostrador donde estaban las joyas. Mi olfato aguzado percibió, fundidos en uno, el olor de pan fresco que emanaba de toda ella, un olor delicioso de salud y de vida y el del ramo de claveles rosados que llevaba en el corpiño. Husmeé el olor como un perro de cacería lanzado sobre la pista, y antes de que pronunciara la primera palabra, ya la habían desnudado mis miradas y le había besado con los ojos la nuca llena de vello de oro, los espesos y crespos cabellos oscuros de visos rojizos, recogidos bajo el gran sombrero de fieltro ornamentado de plumas negras, los grandes ojos grises, la naricita fina y la boca, roja como un pimiento, donde se le asomaba la sangre. Así, sonrosada y fresca, con su olor a levadura y a claveles, parecía una soberbia flor de carne acabada de abrir.

—¿Tiene usted collares de diamantes blancos?..., preguntó al joyero, con el más puro acento yanqui y con una sonrisa infantil que le hizo brillar entre lo rosado de los labios el nácar de la dentadura.

—Todo esto es demasiado valioso para mí, murmuró entre dientes al oír los precios, al tiempo que en su semblante súbita expresión de mal humor y de tristeza reemplazaba la excitación que le abrió los ojos y se le asomó a la boca al ver las costosas pedrerías.

—No hay nada demasiado caro para usted. Esta joya estará en sus manos esta noche, si usted me permite presentársela, le dije, paso, en inglés, al oído casi, con voz ronca en que vibraba la tentación.

—Es espléndido, dijo en el mismo idioma, que sonaba en su boca como una música, mirándome de pies a cabeza y viendo mi mano crispado sobre el estuche de seda negra. ¿Verdad?..., añadió clavando en los míos los ojos claros, y con toda la cara iluminada por una expresión de felicidad indescriptible, como jamás la he visto en ninguna fisonomía.

—Venga usted a las nueve de la noche y hablaremos. No pregunte mi nombre al portero; lo esperaré yo misma en la puerta, como si volviera de la calle; entraremos juntos, dijo teniéndome una hoja de papel, que arrancó de la diminuta cartera forrada en cuero de Rusia, y en la cual escribió febrilmente las señas, las de una calle tranquila de los Campos Elíseos. A las nueve en punto entraré con usted, como si volviera de la calle, agregó con voz grave y mirándome en los ojos.

Los dependientes de Bassot nos miraban, cuchicheando, sorprendidos del diálogo a media voz y en idioma extranjero que se

168

había entablado entre nosotros, personas desconocidas, puesto que no la había saludado al entrar.

—Esas joyas son magníficas, pero demasiado valiosas para mí: perdone usted señor, dijo al empleado, que se la comía con los ojos.

—Lo espero a usted a las nueve, volviéndose a mí, con la expresión seria de una persona que sabe lo que hace y acostumbrada a negocios importantes.

Y con sus movimientos ágiles y sus miradas de venada, cruzó el espacio que la separaba del coche, que partió al subir ella, sin volver los ojos a la joyería.

—¡Soberbia criatura! ¡Esas americanas del Norte... eh! me insinuó el dependiente, un cincuentón entrecano, con los ojos llenos de malicia y la chivera y los bigotes puntiagudos, retorcidos a lo Napoleón III. ¡Soberbia criatura! Tiene loco por un collar de diamantes, que no le quiere comprar, al marido, que es un jayanote yanqui con la cara afeitada y tipo de Cuákero. La semana pasada estuvieron visitando todas las tiendas de joyas, él de mal modo y regañándola, ella haciéndole mil zalamerías para decidirlo. Ahora anda sola, pero seguramente no tiene el dinero completo. Estas americanas del Norte... Esté usted seguro de que no descansa hasta que tenga el collar. ¡Ah!, ¿con que se queda usted con él?... dijo abriendo tamaños ojos... Es lo mejor que hemos tenido en los últimos años... añadió con displicencia, una joya de esas que no provoca vender.

¡En esas piedras os vais a convertir, desteñidos billetes azules de a mil francos, que habéis venido a mí sin buscaros, en las tres noches en que, engañando mi hambre de besos con la vertiginosa jugarreta en que volabais sobre la carpeta verde, os recogía con helada indiferencia, mientras que los otros jugadores se levantaban de la mesa con los bolsillos vacíos, los ojos irritados y las manos trémulas!

Y ahora escribo mi aventura. ¿Qué ha entendido ella al decirme que vaya a buscarla, después de mi frase brutal?... No sé.

Sólo sé que los diamantes, dignos de una princesa, brillan en el fondo de los cálices de las flores de un ramo, donde los hice colocar para llevárselos, y que será mía. Veo su carne desnuda, sus gráciles formas ofrecidas a mis besos, y ardo. Son las ocho de la noche; ¡dentro de dos horas estará en mis brazos, lo estoy sintiendo, y se realizarán los contenidos deseos que acumulan en mí ocho meses de loca continencia y de estúpidos sentimentalismos, sugeridos por haber visto una muchachita anémica, estando bajo la influencia del opio! ¡Hurrah a la carne! ¡Hurrah a los besos que se posan como mariposas sobre el terciopelo de la piel sonrosada, a los besos que entran como áspides por entre el raso aromoso de los labios, a los besos que penetran como insectos borrachos de miel hasta el fondo de las flores; a las manos trémulas que buscan; al olor y al sabor del cuerpo femenino que se abandona! ¡Hurrah a la carne! ¡Afuera voz de mis tres Andrades, sedientos de sangre, borrachos de alcohol y de sexo, que, tendidos sobre los potros salvajes, con el lanzón en la mano, atravesabais las poblaciones incendiadas atronándolas con nuestro grito: Dios es pa reírse del; el aguardiente pa bebérselo; las hembras pa preñarlas, y los españoles pa descuartizarlos! Grita, voz de mis llaneros salvajes: ¡Hurrah a la carne!

¡Oh, la extraña y deliciosa criatura! Entramos juntos, abrió con su llave la puerta del vestíbulo, que atravesó rápidamente, y cuando llegué al saloncito amable, después de quitarme el abrigo, en uno de cuyos amplios bolsillos estaba el collar de diamantes disimulado entre las flores, ya había encendido las lámparas. La desnudez de la pieza estrecha, amueblada sólo con dos sillas, un diván, un velador y una lámpara, y la expresión de su carita seria, disiparon mis últimas dudas. No, aquella no era una mujer comprable; ¡quién sabe qué capricho loco por la valiosa joya la había hecho recibirme, y qué había entendido al oír mi frase brutal!

—Siéntese usted, me dijo, ya sentada en un sillón de brocatel grisoso, al pie de una alta lámpara, de la cual caía, en cuadro, la luz sobre la alfombra, suavizada por un pantallón de gasa de un verde desteñido.

Fue ella quien rompió primero el silencio. Yo me contenté, mientras duró éste, con extasiarme los ojos recorriéndola toda, desde la masa espesa de los cabellos oscuros, que le coronaban la cabeza, de enérgica y finas facciones, hasta los piececitos angostos y largos que calzados con un zapato bajo de resplandeciente charol, dejaban adivinar su blancura por entre los calados de la media de seda negra, fina como un encaje.

—¿Usted ha vivido en los Estados Unidos?..., fue la primera frase que, después de otro silencio, me dirigió la boca encarnada y fresca, en un francés gutural y bronco, que me hizo sonreír involuntariamente al oírlo... ¿No?... Eso equivale, más o menos, a que usted no me entienda y tal vez a que me juzgue mal, y lo probable es que no podamos hacer nada..., continuó asomándosele a los ojos la misma tristeza de niño consentido a quien se le niega un juguete, que le había visto en la joyería al oír los precios de los diamantes. ¡Ah, pero usted habla inglés mejor que yo! Tal vez podamos entendernos; perdone usted que lo deje solo unos segundos, añadió, levantándose.

¡Estas americanas del Norte!, pensaba para mi coleto, haciendo mía la frase del empleado de Bassot, que había oído por la mañana.

—Aquí están, dijo, poniendo sobre una mesita que acercó, unas cajas de terciopelo y de raso y encendiendo dos bujías para facilitarme el examen... Véalas usted, avalúelas y después le haré mi propuesta.

—Valen la mitad de lo que vale el mejor de los collares que usted vio en la calle de la Paz, le contesté con calma imperturbable y sin una sonrisa, después de examinar el contenido de los estuches, marcados los unos con el nombre de Tiffany, los otros con los de varios joyeros parisienses de segundo orden, y donde no había una sola piedra sin defecto. Esto ha sido escogido más en vista del tamaño que de la calidad; usted convendrá conmigo en que los diamantes, o son pajizos o tienen defectos, rayas o quebraduras que los hacen desmerecer; en que los rubíes no son del mismo matiz y en que una de las esmeraldas del broche es más pálida que las otras y tiene jardín, le dije asumiendo de lleno mi papel de negociante en joyas.

—¡Cosas de John, que no distingue! Yo prefiero un diamantito así de grande, dijo mostrándome la punta de la uña rosada, blanca y brillante de uno de los dedos, pero que no tenga mácula, a una tapa de botellón con viso pajizo. Y, sonriéndose por primera vez: ¡usted es un maestro, y qué refinado! how refined, añadió sin quitar los ojos de la perla negra que me abotonaba la pechera... Pero, en fin: usted conviene conmigo en que estas joyas valen la mitad de lo que vale el collar; pues oiga usted mi propuesta:

le daré a usted mi nombre, que ya va siendo una garantía, y esto, dijo, mostrando los estuches y un pagaré por la diferencia con el precio del collar. Dentro de tres meses le enviaré de Chicago el valor total de éste, y usted me devolverá lo mío, junto con el pagaré cancelado, entregándolo todo en el Consulado de los Estados Unidos, donde formalizaremos la operación, mañana, a primera hora. ¿Acepta usted?, preguntó, sonriéndose con alegría.

—No acepto, señora, respondí con estudiada frialdad, deleitándome en ver cómo bajaba los ojos, que se le humedecieron, y cómo le caía sobre las mejillas la sombra de las largas pestañas crespas. ¿Qué ganaría yo con ese negocio?

—Como usted me dijo esta mañana que podría procurarme el collar, contestó con un mohín de despecho.

—Pero usted entendió mal, comencé, con una voz que trataba de hacer firme, sin lograrlo. Hay una combinación por la cual usted tendrá la joya esta noche, sin pagar ni un centavo por ella, insinué, mirándole al fondo de los ojos, que había levantado del suelo, ya serenos, y que me miraban fijamente.

—Se ha equivocado usted, señor, me contestó, encendiéndosele las mejillas y poniéndose en pie con un movimiento brusco de todo el cuerpo y mirándome con una expresión profunda de desprecio y de ira. ¡Se ha equivocado usted, señor! ¿Conque se ha atrevido usted a creer que mi pasión por las piedras va hasta hacerme olvidar quién soy y que esos diamantes pueden comprarme?... ¿Pero no ve usted, infeliz que esas cajas llenas de joyas que le ofrezco son mías, muy mías?... ¡Ah, es que usted no sabe mi nombre y cree que le voy a robar la diferencia, dijo gritando, soy Nelly!... y ahí un apellido alemán con falsa terminación inglesa, el de un millonario de Chicago, conocido en el mundo entero como uno de los más fuertes empresarios de ferrocarriles de los Estados Unidos. ¡Qué bien se ve que no ha vivido usted en mi tierra cuando entiende tan mal mi proceder y me juzga así!, continuó sin sentarse y con la expresión de angustia de quien se siente manchado por infame e inmerecida sospecha.

Recogí el fino pañuelo de batista y encajes, perfumado de clavel, que se le cayó al suelo al levantarse, y le dije, respirando el olor y con voz dulce:

—Señora: hónreme usted con permitirme permanecer aquí unos instantes más, y crea usted que habla con un caballero. Puse el pañuelillo sobre el velador y busqué nervioso la cartera, y abriéndola le tendí una de mis tarjetas de visita. Si usted se siente ofendida al terminar nuestra conversación, que me envíe su marido mañana dos testigos que arreglen con los míos las condiciones de un encuentro... Usted le dirá que esta noche me he entrado tras de usted, que volvía a su casa, y que he pretendido besarla y poseerla. Haga usted eso, pero déjeme hablarle, le grité, casi, poseído de la furia de coronar el plan que se había formado dentro de mí en esos minutos.

¡Cómo! ¿Usted es el señor Fernández, don José Fernández, el autor de los Poemas Paganos, que tradujo Murray?, dijo, sentada ya y alzando los ojos de la diminuta hoja de papel bristol... Y yo que no lo había reconocido... También es que el retrato es muy viejo, ¿cierto? No tenía usted barba entonces... Ignoraba completamente que viviera en París. Siéntese usted, señor Fernández; va usted a tomar el té conmigo y vamos a hablar de sus versos. Así olvidaremos la estúpida historia del collar...

¡Ah! ¿Conque leíste el articulillo aquel publicado en un magazine de Boston y escrito por el yanqui que visitó mi tierra y que me pagó los quinientos dólares que le presté, llamándome en él gran poeta, traduciendo una parte de mis estrofas y haciendo imprimir con su traducción el retrato que acompaña la segunda edición de Los Primeros Versos? ¿Con que lo has leído, mi yanqui adorable y frenéticamente altiva, y quieres que hablemos de mis Poemas Paganos?

—Hablemos de sus versos, de los Poemas Paganos. Los conozco en la traducción de Murray, publicada en el «Nort American Magazine». ¡Qué hermosos, fascinadores! How lovely, fascinating, dijo, sonriéndome, hablemos de sus versos, señor Fernández.

—No, señora; hablemos de usted y del collar que usted desea y que su marido no quiere comprarle, que le está haciendo cometer locuras y que me ha hecho a mí presentarme en su casa y tener el honor de hablar con usted.

Vuelve usted al collar... Sea... ¿Qué es lo que pretende usted decirme?, me dijo con mal disimulada impaciencia y un gesto de orgullo. Tengo la esperanza de que usted me crea una señora y de que no va a hacerme perder la ilusión de creerlo a usted un caballero.

—Lo que pretendo decirle, comencé, temblándome la voz de emoción, es que le suplico a usted, del modo más respetuoso, que acepte esa joya que pongo a sus pies sin pedirle más sino que, cuando la luzca usted sobre su cuerpo de diosa, recuerde usted al hombre a quien hizo feliz permitiéndole satisfacer un antojo suyo. Si usted acepta mi propuesta, el collar estará en sus manos dentro de un minuto y yo me iré sin haberlas besado, para no volver a verla, si usted lo exige.

—¿Habla usted en serio?, me preguntó con honda agitación inexplicable, al oír mi respuesta.

—Señora: sólo espero que usted me permita, e irme, porque temo ser inoportuno.

—¡Dios mío, Dios mío! ¡Busca el modo de hacerme feliz y me conoció esta mañana; y el otro me insulta cuando le ruego y me deja sola para irse a buscar mujeres perdidas en Nueva York! ¡Qué vida!..., articuló entre los sollozos que la ahogaban, acostando la cabeza contra el espaldar del sillón y cubriéndose los ojos llenos de lágrimas con el pañuelito de batista oloroso a claveles.

Los sollozos la sacudían toda; los nervios triunfaban de aquella naturaleza rica y enérgica.

Salí a la antecámara, busqué el ramo y entrando en puntas de pies fui a arrodillarme junto al sillón donde lloraba, como la serpiente se arrastró al pie de Eva inocente al ofrecerle la poma. Los sollozos y las lágrimas seguían, y yo guardaba silencio.

—¡Nelly!, le dije cuando comenzó a calmarse, circuyéndole

el talle fino con un brazo, acariciándole la frente con las flores del ramo, y cantándole una cancioncilla monótona con que las nodrizas en Florida arrullan a los chiquillos para que se duerman. No llore, Nelly; las flores la están besando para contentarla; los diamantes la quieren ver, Nelly linda y fresca como las flores; Nelly radiosa y fría como los diamantes que valen menos que esas lágrimas.

Vencida por aquellos mimos y sorprendida al oírlos, apartó el pañuelo y hundió los ojos en los purpúreos cálices de las gloxinias y en las blancas hojas de las gardenias, donde temblaban los diamantes como gotas de luz.

—No, no, dijo sonriéndose, con una sonrisa que le alumbraba los ojos húmedos como un rayo de sol un paisaje de primavera recién mojado por la lluvia. No, no; si usted no acepta mi propuesta, no me hable más; eso vale una suma loca. Mi padre, que es millonario y que me adora, nunca me los habría regalado. No, lléveselos usted y regáleme las flores. ¡Están lindas!, dijo, respirando el ramo. Guarde usted eso, recogiendo el hilo de platino, animado de luminosa vida por la palpitación blanca, roja, azul de las pedrerías radiosas que se irisaban a la luz de las bujías y de la lámpara. Fernández: ¿por qué me quiere usted regalar eso?...

Hablábamos, ella con la cabeza adorable, cuyos oscuros rizos me acariciaban la frente, doblada sobre la mía, que casi se apoyaba en sus rodillas, hincado como estaba a sus pies, respirando su aroma de flor y circuyéndola con los brazos.

—Porque los poetas andan por el mundo sólo para realizar los antojos de las diosas como usted, le respondí cubriendo de besos una de las manos suaves y frías, conque hacía esfuerzos para alejarme de ella. Nelly: esos diamantes van a hacer que usted se acuerde de mí al verlos más tarde; no me niegue usted la delicia de pensar que voy a vivir en su memoria en sus noches de triunfo.

Y mis labios, recorriendo los ramales azulosos de las venas, que se transparentaban bajo el fino cutis de la muñeca delgada, subían por el brazo torneado y blanco, desnudo hasta el codo de la negra manga de opaca seda ornamentada de azabaches.

176

—¿Y por qué quiere que yo me acuerde de usted por los diamantes? Me acordaré de usted porque sé sus versos deliciosos y porque lo he visto así arrodillado a mis pies, queriendo realizar un antojo mío a costa de una suma enorme y diciéndome cosas que nadie me había dicho nunca... ¡Qué cosas las que usted me dice! Cómo se ve que usted es poeta, un gran poeta, añadió con tono convencido. ¿Quiere usted oír sus versos, dichos por mí en mi lengua? Es menos hermosa que la suya. Los sé de memoria. Oiga usted... Y recitó con su voz de oro las estrofas del canto a Venus, que dicen las glorias de la Afrodita al nacer de las olas marinas.

—Ahora va usted a decírmelos en su idioma; no lo entiendo, pero suena como una música. How noble, how musical, decía poniendo la orejilla sonrosada cerca a mi boca, que le recitaba paso, muy paso, mis mejores endecasílabos.

Hablábamos así, perdidos en la delicia de saborear la esencia de los versos y de sentirnos cerca, sin que ella, la orgullosa de unos minutos antes, ni yo, el respetuoso admirador que le había jurado que se iría sin besarle las puntas de los dedos, nos diéramos cuenta del vértigo que se estaba apoderando de ambos. Sin saber cómo, estaba sentado en el sillón y la tenía sentada en las rodillas. Uno de los piececitos colgaba sobre la alfombra. El encaje de seda negra de la media transparentaba la blancura del pie angosto y largo y de la pantorrilla de túrgida curva, descubierta por la falda negra donde lucía el brillo mate de los azabaches. Le estaba besando la nuca, llena de vello dorado, y sentía estremecerse bajo mis labios todos sus nervios. La manecita fija que agarraba la mía hundía crispada en mi carne las uñas sonrosadas y puntiagudas. En el silencio sólo oíamos las palpitaciones de nuestras arterias.

—Más versos, más paso..., me dijo con expresión acariciadora, acercando a mi mejilla ardiente la suya fría y aterciopelada y embriagándome con su olor a pan fresco y a claveles húmedos.

Le dije las estrofas que pintan los grupos de palomas blancas sobre el altar de Cypris, envueltas por el humo aromático del sacrificio y aleteando entre las rosas, y se las dije en su lengua, mientras que le envolvía la muñeca en el collar que le circuyó el brazo pálido, como una serpiente de luz, y comenzó a irradiar con el brillo de sus centenares de facetas.

—¿Cuántos años tienes?..., me preguntó de repente, paseándome suavemente la mano blanca por los cabellos y por la barba... ¿Veintiséis? Yo, dieciocho; él tiene cuarenta y dos... ¿Con quién vives?... ¿Solo?... ¿Ni padre, ni madre, ni mujer, ni hijos? ¿Nada? ¿Solo en ese hotel?... El otro día me detuve a ver la fachada. Es antigua, ¿cierto?... Y majestuoso, majestic. ¿Y vives solo ahí?... Vives como un príncipe. ¿Y no te da tristeza estar solo?... ¿Y qué haces?... Cómo gozarás de la vida, ¿no?

—No. Adoro la belleza y la fuerza y escribo versos de esos que sabes, le dijo con tono triste y mintiéndole para acabar de fascinarla.

—¿Y recibes mujeres?..., me preguntó, riéndose con una picardía deliciosa.

—No, porque no las encuentro tan bellas como Nelly, le respondí envolviéndola en una mirada de deseo loco. Hacía ocho meses que no daba un beso ni recibía una caricia.

—¡Es imposible! ¡Es irreal! it is irreal... Júrame que eso es cierto, dijo con voz ahogada y hablándome al oído.

—Te lo juro. Yo quiero lo perfecto y no lo encuentro. Lo demás me causa asco. Y cuando hallo una mujer de quien me enamoro en una hora con todas mis fuerzas y a quien le suplico que conserve unas pobres piedras para que se acuerde de mí, una a cuyos pies pasaría la vida arrodillado y por cuyos besos daría mi alma, ella rehúsa mi amor y me tira a la cara el regalo conque sueño hacerla feliz un minuto.

—No, dijo; suéltame y espera... Y se levantó para dejar la salita.

—¿Te vas, Nelly?...

—Pero vuelvo en este momento, respondió levantando el portier, que cayó tras de ella.

¡Será tuya, será tuya!, me gritaba por dentro la voz de los llaneros. ¡Será tuya!

—¿Te gusto así?, me preguntó volviendo a sentarse en mis rodillas en el ángulo del cuarto donde había más sombra y extendía sus blandos cojines un diván turco, amplio como un lecho nupcial. No me lo he estrenado todavía. Míralo.

El corpiño de terciopelo negro de un traje de baile, sujeto en los hombros por dos lazos, sobre uno de los cuales lucía el ramo de gloxinias y de gardenias, dejaba ver las blancuras túrgidas del seno, que ondulaba con rítmico movimiento bajo el hilo de platino animado de luminosa vida, por la palpitación blanca, roja y azul de las pedrerías que se irisaban en la media luz de crepúsculos. ¿Te gusto así?, preguntó, inclinándose para ver los diamantes y dejándome hundir la mirada en los tesoros que ocultaba mal el terciopelo del corpiño.

—¡Si nos hubiéramos encontrado antes! Me voy mañana para Nueva York, Fernández, mi poeta, comenzó, reclinando la cabeza en mi hombro y envolviéndome el cuello con los brazos desnudos y fragantes.

—¡Si nos hubiéramos encontrado hace un mes! Tal vez me habrías amado... Qué felices seríamos, ¿cierto?

—No seríamos más felices que ahora, Nelly, porque te amo con toda mi alma. Pero no te irás mañana; te quedarás aquí y yo viviré de rodillas, adivinándote los pensamientos.

—Me voy mañana por la mañana; tengo todo listo, cerrados los baúles, tomado el pasaje... Esta tarde puse un cablegrama avisándolo. Mi padre me espera por minutos. Pediré el divorcio al llegar y viviré tranquila.

—Es un canalla, ¿no es cierto, amor mío?..., le dije al oído; no te quiere y no te da las joyas que quieres.

—Es un canalla, un brutal, y no me quiere. ¿Qué importan las joyas? Tú me las das... Ya ves, y si no me las das, me dices cosas dulces y deliciosas, ¿no es cierto?, contestó ciñéndose a mí... Me llevo el collar. ¿Qué me pides en cambio?, dijo soltando los brazos y sujetándome las manos con las suyas. ¿Qué me pides en cambio?...

—Yo, nada; lo que quiero es que seas feliz un minuto y que te acuerdes de mí. Dime que lo guardarás siempre y me iré dichoso sin darte un solo beso.

—¿Conque quieres hacerme feliz e irte?... El collar es mío... ¿Aceptas un regalo que voy a hacerte?..., me dijo al oído con una expresión de triunfo... Yo también te voy a hacer un regalo, pero inverosímil, digno de ti que eres poeta; un regalo que tú mismo vas a creer que es un sueño. Yo también quiero hacerte feliz siendo feliz. Quiero ser feliz una noche. No lo he sido nunca. Odio el tiempo. El tiempo es una cosa estúpida, ¡a stupid thing!... que sólo existe para el cuerpo, añadió mirándome con la cara inspirada, como la de una pitonisa. En mi tierra queremos suprimirlo con la electricidad, con el vapor, con la inteligencia. Allá creamos en una década ciudades más grandes que las de Europa, que tienen seis siglos, y hemos hecho una civilización de doscientos años. El tiempo es una cosa estúpida que se arrastra. Yo quiero suprimirlo en mi vida... ¿Entiendes?... Te amo, Fernández... Me voy mañana. Otra se iría llevándose su amor; yo, quiero dártelo; te amo, me suspiró al oído, besándome.

—Y yo te adoro, Nelly, respondí buscando con locura sus labios primero, y hundiendo luego la frente en el seno blando, perfumado y fresco...

—No; déjame, déjame; aquí, no; llévame; ¿no vives solo?..., articuló ceñida a mí y crispada por el deseo; iremos a pie, donde quieras...

—Mi coche espera en la puerta... Ven, dije como en un sueño, un instante después, en el vestíbulo, abrigándole los hombros desnudos y apagando las luces.

De la noche sólo me quedan el recuerdo de su belleza sonriente bajo las amplias cortinas de terciopelo de mi lecho, en la alcoba alumbrada apenas por la lámpara bizantina de oscuro cristal rojo; la impresión de tenaz frescura y el perfume de su cuerpo adolescente y el arrullo de su voz al instarme para que fuera a los Estados Unidos. Ven en el verano, me decía; John no estará allá. Nos encontrarás en New Port y te presentaré a mi padre y a todos nuestros amigos... Buscaremos un lugar en dónde vernos, un cottage rodeado de árboles y de flores, y seré feliz... Si me ofreces venir, no pido el divorcio; tolero lo de hoy a cambio de que estés tranquilo y me ames. Júrame que irás... ¡Bésame!

Su delirio de goce frisaba a la altura del mío, y la noche fue un solo beso, entrecortado por sollozos de voluptuosidad.

—Todo ha sido irreal y adorable... Irreal and lovely... Tú eres irreal y adorable... Te espero en junio en New Port, fue la última frase, gritada desde la barandilla del enorme vapor que soltaba las amarras y la negra columna de humo, ennegreciendo el cielo del Havre hasta donde fui a acompañarla.

Todavía tengo en los ojos su fina silueta envuelta en el largo sobretodo gris de viaje, y la palpitación del pañuelito blanco que agitaba al irse alejando el barco sobre las olas gris verdosas del Atlántico, bajo un cielo nublado, plomizo y sombrío, como un alma llena de remordimientos.

Cinco meses sin haber escrito aquí una línea. Fue un estímulo apenas la noche de delicias pasada con Nelly, una gota de licor para el que agoniza de sed, ¡sed non satiata! Me excitó, bebimos, me emborraché, y ahora tengo en el alma el dejo que queda en el cuerpo después de una borrachera. El baile tuvo por objeto deslumbrarlas, y de tal modo las deslumbró, que cuando amaneció y las últimas notas de la orquesta vibraron en la atmósfera de los salones impregnados de emanaciones humanas y del melancólico perfume de las flores moribundas, ya había besado las tres bocas codiciadas y obtenido de ellas la promesa de las tres citas.

Suntuosa fiesta, al decir de los diarios bulevarderos, que me fastidiaron con los detalles del lujo en ella desplegado por le richissime americain don Joseph Fernández et Andrade. ¿Suntuosa fiesta? No sé, pero, en todo caso, un poco más elegante y más artística que las que he alcanzado a ver hasta hoy. Digo más artística, porque en los salones que amueblaban y ornamentaban objetos dignos de figurar en cualquier museo, y en el hall, decorado con exóticas plantas y raras flores, se oyeron los penetrantes sones del violín mágico de Sarasate, las quejas de la guitarra incomparable de Jiménez Manjón y vibraron las cálidas notas, que al decir de Monteverde, cuestan a libra esterlina cada una, de la voz del tenor a la moda. Digo más elegante porque una parte del París frívolo y mundano, que por la tarde se exhibe en la Avenida de las Acacias y se da cita, en las noches de estreno en los grandes teatros, codeó en ella por unas horas al París artista y pensador, que vive encerrado en los talleres, en los gabinetes de experimentación o doblado sobre las páginas que pasado mañana serán el libro a la moda. Según decires, la concurrencia salió sorprendida de las exquisiteces de la mesa y la calidad de los añejos licores. Un murmullo de aprobación corrió por las salas, cuando al mariposear el cotillón agitando en ronda rítmica sus alas de cintas y gasas, se repartieron los regalillos a los danzantes.

La impresión verdaderamente grata que tuve fue ver mezclado lo más distinguido y simpático de la colonia hispanoamericana con lo más linajudo y empingorotado del aristocrático barrio. Logré que los compatriotas que honran a la Tierra con su ciencia, Serrano el filólogo y Mendoza el estadista, dejaran su encierro claustral para asomarse aquí por unos instantes. Duquesas vejanconas de tantísimas campanillas y retumbantes nombres, cuyo origen remonta a la Roma de los Antoninos, paseáronse al brazo de generales, expresidentes de nuestras repúblicas, que ostentaban uniformes más de oro que de paño; hubo miembro del Jockey Club que le hiciera la corte a una chicuela recién llegada, que tenía todavía en los ojos el recuerdo del cielo del trópico y en los oídos el rumor de la brisa entre los cafetales, y hasta se divirtió el grupo donde lucían la calva de Manouvrier, el filósofo espiritualista, las arrugas de Mortha, mi exprofesor de arqueología egipcia, y el monóculo del novelista psicólogo, autor de «Los Perfiles Femeninos», que, despreciando esa noche a las mujeres, que preguntaban por él para hacerle la corte, fue a esconderse entre aquellas antiguallas y a conversar con el doctor Charvet, que me dijo, al pasar por cerca de él, golpeándome el hombro:

—Así se hace. Goce usted suavemente de la vida, amigo mío; goce usted suavemente de la vida.

¿Qué me importó el éxito de la fiesta?... Si mi lucidez de analista me hizo ver que para mis elegantes amigos europeos no dejaré de ser nunca el rastaqoüère, que trata de codearse con ellos empinándose sobre sus talegas de oro; y para mis compatriotas no dejaré de ser un farolón que quería mostrarles hasta dónde ha logrado insinuarse en el gran mundo parisiense y en la high life cosmopolita?

Eso no impidió que las tres mujeres concurrieran y que mi plan se realizara.

¿Y eso qué me importa, si ninguna de las tres ha podido darme lo que le pido al amor, y sólo me queda hoy el orgullo de haber seducido en unas horas a las tres bellezas de quien nadie se atrevería a sospechar y que la concurrencia entera designó como las tres reinas de la fiesta?

¿Y eso qué me importa, si yo no vivo para los demás, sino para mí mismo, y si ese triunfo no me satisface, porque sé que tal vez ellas mismas ignoran las razones que tuvo cada una para entregárseme y para colmarme de caricias locas?...

¿Y qué me importan esas ideas sobre el amor, ni qué me importa nada, si lo que siento dentro de mí es el cansancio y el desprecio por todo, el mortal dejo, el spleen horrible, el tedium vitae que, como un monstruo interior cuya hambre no alcanzara a saciarse con el universo, comienza a devorarme el alma?...

¡Vosotros conocisteis ese mal sin nombre y sin remedio, patricios romanos que, hartos de los goces de la carne, ahítos de las declamaciones de los filósofos y de los versos de los poetas y de las creaciones del arte heleno y latino, abandonábais los triclinios de marfil recubiertos de púrpura, sobre los cuales caían en lluvia las aromosas esencias y las rosas de Poestum, tirábais al suelo la áurea copa cincelada, llena de vino de Chypre, y la corona de rosas que os ceñía la frente y, despreciando la sensual delicia que os brindaba la cortesana desnuda a vuestro lado, corríais a buscar en la despreciada enseñanza de los rudos discípulos del Nazareno, en la práctica de la pobreza y de la humildad, una fe nueva y una esperanza sublime que os hiciera cambiar de vida, abrazaros a la cruz, desafiar las iras del Emperador y, transfigurados por el éxtasis, ir a esperar la hora de la muerte bajo las garras de los leones, sobre la arena ensangrentada del circo!

¡Ah! sí, eso fue entonces. En nuestra época mediocre y

ruin no queda camino abierto para las almas del temple de las vuestras, que siente lo que sentisteis. Lo sublime ha huido de la Tierra. La fe ciega que en su regazo de sombra les ofrecía una almohada dónde descansar las cabezas a los cansados de la vida, ha desaparecido del universo. El ojo humano al aplicarlo al lente del microscopio que investiga lo infinitesimal y al lente del enorme telescopio que, vuelto hacia la altura, le revela el cielo, ha encontrado, arriba y abajo, en el átomo y en la inconmensurable nebulosa, una sola materia, sujeta a las mismas leyes que nada tienen que ver con la suerte de los humanos. Sutiles exégetas y concienzudos comentadores estudiaron los viejos textos sagrados y los analizaron descubriendo en ellos no las palabras, que son el camino, la verdad y la vida, sino las sabias prescripciones de los civilizadores de las naciones primitivas y la leyenda forjada por un pueblo de poetas. El cadáver del Redentor de los hombres yace en el sepulcro de la incredulidad, sobre cuya piedra el alma humana llora como lloró la Magdalena sobre el otro sepulcro.

«Padre nuestro que estás en los cielos, santificado sea tu nombre...». La oración que la santa de las guedejas de plata me enseñó de rodillas cuando apenas podía balbucirla, viene a mis labios de hombre y no la puedo rezar. ¡Tú estás vacío, oh, cielo, hacia donde suben las oraciones y los sacrificios!

¡Neomisticismo de Tolstoi, teosofismo occidental de las duquesas chifladas, magia blanca del magnífico poeta cabelludo, de quien París se ríe, budismo de los elegantes que usan monóculo y tiran florete; culto a lo divino, de los filósofos que destruyeron la ciencia, culto del yo, inventado por los literatos aburridos de la literatura; espiritismo que crees en las mesas que bailan y en los espíritus que dan golpecitos, grotescas religiones del fin del siglo XIX, asquerosas parodias, plagios de los antiguos cultos, dejad que un hijo del siglo, al agonizar éste, os envuelva en una sola carcajada de desprecio y os escupa a la cara!

Es esa hambre de certidumbres, esa sed de lo absoluto y de lo supremo, esa tendencia de mi espíritu hacia lo alto, lo que he venido engañando con mis aventuras amorosas, como engañaba mi sed de éstas con las jugarretas de las últimas noches de castidad. Pero el hambre de creer no hay con qué saciarla que no sea con la creencia misma... ¿Y en qué creerás, alma mía, alma melancólica y ardiente, si los hombres son ese miserable tropel que se agita, cometiendo infamias, buscando el oro, engañando a las mujeres, burlándose de lo grande, y si ya murieron los dioses?

Quizás el Amor tuvo sabores acres y extáticos que pudieran reemplazar a la fe. El de lo místico vino en las rudas épocas medievales, y en la expansión grandiosa de pasiones que fue del Renacimiento. Amar temblando, porque al través de la puerta de la alcoba, tibia y perfumada por los besos, se oía el ruido de los pasos y de las armas de los matones enviados por el marido, que subían a vengar la afrenta; amar orando, porque la Dama revestía aspecto de Madona; amar sin satisfacer el amor e inmortalizando el nombre de Ella en canciones o en estatuas, ser Benvenuto Cellini o Godofredo, Alighieri, Petrarca o Miguel Angel, cuando Ellas se llamaban Beatriz Portinari, Laura o Vittoria Colonna, fue empresa de hombres; pero hoy, en estas sociedades decrépitas, en que el adulterio es fácil y practicable sin peligro, como un sport; en que la vida de la mujer es toda entera una lenta y gradual preparación para la caída y en que los maridos vienen a visitar al afortunado para pedirle favores, es miseria indigna de un hombre.

Tal vez mi misantropía me lleva a juzgar a esos infelices engañados peor de lo que merecen. Habrán creído que lo que vieron la noche del baile fue un flirt sin consecuencia y explotable para ellos gracias a mi juventud y a mi dinero; pero lo cierto es que las circunstancias se han enlazado de tan extraño modo, que se necesitaría benevolencia de santo para no juzgarlos como los juzgo, por lo menos como unos imbéciles.

Oye, Pepillo, me dijo el amigo Rivas, usando el antipático nombre con que me llama; vengo a pedirte un favor que sólo tú puedes hacerme.

—Estoy a tus órdenes, le respondí, creyendo que se trataba

de un duelo en que debía acompañarlo como testigo, y sorprendido de oírlo hablar así... ¿Tomas café?.., añadí, ofreciéndole, porque tomaba el mío, acabando de comer en el cuarto de fumar, cuando entró como un huracán, y con aire agitado y la respiración anhelante.

—No, no tomo; me pone nervioso. Oyes, Pepe: vas a hacerme un serviciazo, de esos que sólo a un amigo íntimo se le pueden pedir. No me lo niegas, ¿eh?, añadió, entrecortado; júrame que no me lo niegas.

—Si te digo que estoy a tus órdenes.

—¿Conque dejas de ir a Fausto por ayudarme? ¿No tienes plan para esta noche?... Bien, ¡cómo te lo agradezco! Pues, mira: tenemos cuatro, Amorteguí, Rodríguez, Saavedra y yo una cena con cuatro mujeres, pero de lo fino, ¿oyes?... cuatro horizontales que te quedarías bobo si te dijera los nombres... ¡cuatro de lo bueno!, ¡y suponte la que se me atraviesa! Consuelo está indispuesta y no tengo quién me la acompañe y me da pena dejarla sola. Ya ves... Y eso de quedarse uno conversando con su mujer, porque ella se siente débil y de acostarse a las once, después de tomar el té, cuando tiene entre manos una cena con cuatro tipos como Rodríguez y con cuatro mujeres así, de lo fino... No, si estaba desesperado. A fuerza de cavilar mientras comíamos, se me ocurrió la cosa; ¿no ves?... Yo me vuelvo a casa, porque le dije que salía por un momento; entras tú de visita y te haces el afanado; me dices que Amorteguí me estaba buscando con urgencia en el bulevar, porque tiene que hablar conmigo esta noche de un negocio. ¡Te juro que es ella la que me hace salir! Me voy y tú me la acompañas hasta lo más tarde posible, ¿no?, para que no caiga en la cuenta de la hora a que vuelvo, si se desvela, como le sucede casi todas las noches. ¿Qué tal el plan, eh? ¿Cómo te parece mi combinación? ¿Admirable, cierto?... Me ayudas...

—Admirable..., le dije. De mil amores; me tienes allá dentro de media hora a lo sumo, y salió hecho unas pascuas, retorciéndose los bigotes y sintiéndose un Maquiavelo.

—¿Qué primor me trae usted ahí?..., me preguntó la dejativa y lánguida criatura, cuando después de salir el otro, nos quedamos solos en el cuartico donde recibe a sus íntimos. ¿Alguna de esas cosas que sólo usted encuentra?..., dijo para disimular la turbación en que estaba al sentirse sola conmigo después del beso delicioso cambiado en el fondo del invernáculo desierto donde me la llevé por unos segundos la noche del baile, y de los juramentos de amor con que lo acompañé.

—¿Qué primor me trae, José?... ¿Flores? ¡Dios mío, flores rosadas de las de Guaimis!... Las mismas, dijo, toda trémula, como acariciando con los ojos el ramo de orquídeas que se había puesto en las rodillas, y que acababa yo de formar en el invernadero al salir de la casa... ¡Dios mío!... ¿y dónde consigue usted flores de nuestra tierra en París, José?...

—En casa, Consuelo, le dije, sentándome a su lado, sobre la misma turquesa de donde se había levantado al verme entrar unos momentos antes. En casa, Consuelo... Desde una tarde, hace nueve años, tengo siempre, esté donde estuviere, unas plantas que cuido mucho para que den flores de ésas... desde hace nueve años y desde una tarde, dije, mirándola, para ver el efecto de las sugestivas frase que había estudiado desde el momento en que el astuto Rivas me contó su plan en el cuarto de fumar.

Se puso pálida, más pálida que lo está siempre; le temblaron las manos y los labios, y bajó los ojos al suelo.

Nueve años antes, casi niños ella y yo, una tarde deliciosa, una tarde del trópico, de esas que convidan a soñar y a amar con el aroma de las brisas tibias y la frescura que cae del cielo, sonrosado por el crepúsculo, volvíamos por un camino estrecho, sombreado de corpulentos árboles y encerrado por la maleza, al pueblecillo donde salía a veranear su familia. Nos habíamos adelantado al grupo de paseantes. Yo, diciéndole que la adoraba, recitándole estrofas del Idilio, de Núñez de Arce, y sintiéndome el Pablo de aquella Virginia vestida de muselina blanca, que apoyaba su bracito en el mío.

—Quiero flores de ésas, me dijo, mostrándome un ramo de parásitas rosadas que colgaban de la rama de un arbusto, y al entregárselas, en la semioscuridad del camino, donde el aire era tibio y volaban las luciérnagas y aromaban los naranjos en flor, la cogí en mis brazos y la besé con todo el ardor de mis dieciocho años, y ella me devolvió los idílicos besos con su boca virgen y fresca.

—Son flores de Guaimis, Consuelo, le dije... Desde esa tarde tengo siempre plantas de esas en casa para respirar en su olor el beso de entonces, que ha sido el minuto más feliz de mi vida. Desde entonces hasta la noche en que, viviendo, ya aquí, supe que usted se había casado con Rivas, no ha habido un solo día en que no piense en usted con la misma ternura. Si su padre no se hubiera reído entonces de mi amor, porque era yo un niño, y no me hubiera prohibido volver a su casa, como lo hizo, ¡qué feliz hubiera sido y qué distinta mi suerte! Entonces me amó usted, no me lo niegue; déjeme creer que fue así; después me olvidó. Ojalá hubiera hecho yo lo mismo. Antes de anoche, al verla a usted en casa, entre las verduras del invernáculo, con ese vestido de muselina blanca que la hacía parecida a la que me hizo feliz con su cariño de niña, y al sentirme cerca de usted, me olvidé de todo, me sentí el de entonces, sentí por usted el mismo amor de ese instante, aumentado por nueve años de pensar en usted, y tuve la audacia de robarle un beso, que fue un éxtasis... Ahora vengo a pedirle a usted perdón, Consuelo, por esa audacia sin nombre, y se lo pido en nombre de nuestro amor de niños, y de rodillas... Consuelo: ¿me perdona?, continué, ya arrodillado, al pie de ella y besándole las manos, que me abandonaba, inertes. ¿Usted, con toda su dulzura, no le podrá perdonar a un hombre que la ha adorado toda su vida y que no hace más que soñar con usted, que le hable así, porque no puede callar por más tiempo? Dime, añadí, volviendo al tuteo delicioso que usábamos cuando niños; dime, Consuelo: ¿no ves que te adoro con toda mi alma?, ¿no comprendiste que la fiesta de la otra noche no tuvo más objeto que verte en casa, que sentirte cerca unos minutos, que sentir tus manos en las mías?, ¿no sientes que estas flores tienen el mismo olor de nuestras flores del Guaimis?... Respíralas; ¿no les sientes el olor del beso de entonces?...

Ya la tenía en mis brazos, envuelta, fascinada, subyugada por mi comedia de sentimentalismos, que se transformó dentro de mí en sensual delirio al sentir que me devolvía los besos que le daba, y al oírla decirme: «La otra noche me iba muriendo en el invernáculo cuando me besaste. Yo no he hecho más que pensar en ti desde entonces. Si me casé, fue por venir a París y verte. Yo nunca le he dado un beso a Rivas. Júrame que me adoras, porque me parece un sueño oírtelo decir... ¡José, José! ¡Por Dios! Pero esto es un crimen adorarnos así; un crimen espantoso siendo yo su mujer».

—No, no es un crimen, mi amor; sería un crimen si él te quisiera, si no fuera quien es, si no se hubiera casado contigo por tu fortuna, si no te abandonara como te abandona, si yo no te adorara así, Consuelo, ¿no es cierto que es una locura que me quede aquí un segundo más?, dije, dominándome para lograr la promesa que buscaba, cuando puede volver de un momento a otro y sorprender algo en nuestras caras de la delicia que han sido estos momentos. ¿No es cierto que es una locura, cuando mañana podemos pasar horas enteras juntos, donde no tengamos que temer, en casa, donde haremos de cuenta que no estamos en París y respiraremos en el invernáculo el olor de nuestros bosques?... ¿Qué?, insistí al oír la respuesta. ¿Qué? ¿Te da miedo ir? ¿Y no te acuerdas de que estamos en París, donde nadie mira a nadie y de que vivimos a dos pasos?... ¿Alguna vez ha venido Rivas a mediodía, mientras andas tú por los almacenes, o te pregunta dónde has estado? Podemos pasar juntos seis horas, que valdrán para mí por seis años de felicidad... ¿Me tienes miedo?... ¿No sabes que mi amor es tan puro como lo era entonces, que me basta verte, oírte para ser feliz y que no te daré un beso si no quieres?...

Y vino y fue mía; y después ha venido dos veces, sin pedírselo casi, porque ha querido, porque necesita caricias como necesita respirar, y porque el otro, el hombre astuto de las maquiavélicas combinaciones, anda cenando con sus horizontales, que le están comiendo medio lado, y tiene abandonada esa flor de sensualidad y de inocencia, que se pasa muchos días y muchas noches sola, porque no tiene casi relaciones en París.

Con otras armas cayó la otra, la rubia baronesa alemana, que tiene la carnadura dorada de las Venus del Ticiano y está exenta de todo prejuicio, según dice ella, la lectora de Hauptman y de German Bahr. Con ésa afecté frialdad absoluta la noche del baile y me limité a hablarle en alemán y referirle con sencillez el duelo con su pariente el Secretario de Embajada, y a hacerla confidente de mi desprecio por los hombres. Creyéndome de mármol, mientras paseábamos juntos por las salas, emprendió una conversación destinada probablemente a cerciorarse de mis escasas facultades amatorias y a escandalizarme con el desprecio profundo que manifestaba por todas las conveniencias sociales y todas las ideas corrientes sobre moral. La dejé hablar largamente. La oía como si no la entendiera, sin contestarle más que lo necesario, para que siguiera hablando, y clavándole los ojos en el seno de Juno, medio desnudo de un corpiño de terciopelo verde oscuro, sobre el cual esplendían magníficos diamantes, y en los labios rojos como una fresa madura. Clavaba ella los ojos en mí, como buscando el efecto de sus frases audaces y de su belleza majestuosa, y se sonreía con una sonrisa de desafío al verme palidecer por instantes, al crecer dentro de mí la tentación que me estaba crispando los nervios.

—Todas ésas son teorías, señora; teorías y nada más. Usted en la práctica es una puritana rígida y respeta hasta los más estúpidos lazos con que nos sujeta la sociedad. Si usted viviera de verás, más allá del bien y del mal, como dice Nietzsche, sería otra cosa; pero no es así. Si yo le diera a usted un beso ahora, dije, haciéndola sentarse en un saloncito donde no había nadie, usted haría que su marido me mandara un par de testigos; y si la invitara a comer sola conmigo mañana, a las siete de la noche, no volvería a contestarme el saludo.

—Haga usted el ensayo, me respondió, llevando su audacia y mi excitación al paroxismo y valiéndose de una frase que lo envolvía todo.

La besé frenéticamente, y acudió a la cita al día siguiente por la tarde.

—Lo que me ha fascinado en usted, decía al salir de casa, es su desprecio por la moral corriente. Los dos nacimos para entendernos. Usted es el sobrehombre, el Uber mensch con que yo soñaba.

Con la Musellaro fue otra historia. So pretexto de amor al arte pagano y de mi entusiasmo por los poetas modernos de Italia, habíamos tenido en los últimos tiempos conversaciones indeciblemente libertinas. La iba a ver desde tres meses antes, los martes por la noche, en que recibe en su casa la flor y nata de los condes y marqueses arruinados y de los pintores y músicos de la Colonia. Me había recitado los más ardientes poemas en que D'Annunzio canta las glorias de la carne, con voz ligeramente ronca y velada, medio cerrados los oscuros ojos que, con la mate blancura de la piel, lo puro del perfil y lo espeso de la cabellera negra, hacen soñar con una romana de los tiempos del Imperio; me había oído decirle cosas sin nombre, sin ruborizarse. Sus formas esculturales y sus ademanes de reina atraían las miradas masculinas la noche del baile. Por haber venido varias veces a casa, con el marido, a ver mis colecciones de medallas, de camafeos y de piedras grabadas, se sentía como en la suya y hacía los honores. Esa noche emanaba de ella un tibio olor de Chypre, que, confundido con el de su cuerpo, la envolvía, al bailar, como en una atmósfera espesa de voluptuosidad. En los brazos redondos y de ideal blancura, sobre el descote cortado en cuadro y sobre los negros cabellos ondeados y brillantes, ardían los rubíes sangrientos, que tenían el mismo matiz de la opaca seda del traje, bordado de argentadas pasamanerías que llevaba puesto.

—Julia, le dije llevándola hacia el rincón donde una copia de la Venus de Milo destaca sus blancuras de mármol sobre la pesada cortina del fondo, esta noche la belleza de usted embriaga, como embriagaría un vino de Falerno, bebido en copa de oro. Si usted pudiera verse con unos ojos de hombre, se enamoraría de usted misma. Sueña uno al verla a usted con no vivir en este siglo dejativo y triste, en que hasta el placer se mide y se tasa, sino en la época de los Borgias, provoca verla presidiendo una orgía de príncipes, en que el sabor de los besos se mezclara con el del veneno.

—Usted sueña en eso porque tiene músculos de jayán y nervios de artista del Renacimiento; a todos estos parisienses les parezco vulgar, de fijo; para ellos la distinción consiste en ser flaca y pálida. Los dos deberíamos ser más íntimos, porque nos parecemos mucho; ambos somos paganos, me dijo, quemándome con sus miradas de fuego y mareándome con su olor perverso y sugestivo.

—Esa intimidad depende de usted. Si usted viniera a verme el jueves por la mañana, nos sentiríamos paganos hasta las médulas de los huesos; le leería unos versos y le mostraría unas aguafuertes de Felicien Rops, que usted no conoce, porque son dignas del Museo Secreto de Nápoles...

—Si estoy loca por verlas, me dijo, con la cara iluminada por la alegría y estrechándome el brazo contra el seno de diosa. Vendré a las ocho. Musellaro no se levanta nunca antes de las doce.

Y un beso selló el tácito pacto que contenían aquellas frases; un beso dado detrás de la cortina, a que le volvían las espaldas los concurrentes, empeñados en ver a Sarasate, que se levantaba para comenzar a tocar el violín, al que le arrancaba misteriosos quejidos.

¿Donjuanismo? ¿Seducción?... Respecto de Consuelo, tal vez, en quien toqué las más ocultas fibras del sentimiento al recordarle nuestros infantiles y dulcísimos amores; no con las otras dos, viciosas, coleccionadoras de sensaciones, aleccionadas por quién sabe qué predecesores míos, corrompidas por el arte y la literatura y empeñadas cada una de ellas en ver en mí el personaje que les han mostrado como ideal los librejos ponzoñosos que han leído sin entenderlos. ¿Seducción? No; si nadie seduce a nadie. Si es la idea del placer la que nos seduce... Tan ardiente era el deseo en ellas como en mí; dentro de unos años no recordarán la aventura, y si la recuerdan, les parecerá a ambas tan inocente como me parece a mí ahora.

¿Y esto llaman crimen los moralistas severos, que predican su moral en dramas de tres actos? ¿Crimen? ¡Halagar a una mujer, idealizarle el vicio, ponerle al frente un espejo donde se mire más bella de lo que es, hacerla gozar de la vida por unas horas y quedarse sintiendo desprecio por ella, asco de sí mismo, odio por la grotesca parodia del amor y ganas de algo blanco, como una cima de ventisquero, para quitarse del alma el olor y el sabor de la carne!

Musellaro me llamó la otra noche en el Círculo, donde le habían limpiado los bolsillos la víspera, y con mil zalamerías serviles y poniendo por las cumbres mis conocimientos de arte, me habló de un cofrecito de plata, cincelado por Pollaiuolo, que vendía un amigo suyo en Florencia.

—Vale siete mil francos, me dijo. Al momento en que supe que lo vendían, pensé en avisárselo a usted, seguro de que se quedará con él. Mi amigo no quiere que se sepa su nombre. Es un objeto que ha pertenecido a su familia desde hace trescientos años, y del cual se desprende, obligado por las circunstancias. Usted sabe cómo van las cosas en Italia.

—De sobra. Telegrafíele usted a primera hora diciéndole que lo ha colocado y que me lo envíe, le respondí. Le enviaré a usted el cheque mañana mismo.

¡Me río del cofre cincelado por Pollaiuolo! Recibiré algún chirimbolo recién salido del molde. ¡Lo que va a reírse de mí el afortunado marido de la admiradora de Petronio!

El de Olga, el barón alemán delgaducho y triste, que tiene la manía de las estampillas de correo y las colecciona con entusiasmo de colegial, acaba de salir de aquí para pedirme un favor especial. Quiere el Busto del Libertador, una condecoración que da el Gobierno de Venezuela; y al efecto, desea que hable con el simpático mozo autor de Espirales de humo, que representa a aquella nación en París y con quien sabe que me ligan relaciones de amistad. Dentro de unas semanas tendrá su medalla y se la colgará al uniforme para que luzca al lado de las siete con que lo engalana al llevarlo, y recibirá una estampilla de mi colección.

—¿Siempre ha sido así, no es cierto?, preguntó, volviendo a mirarla, como fastidiado por mi solicitud.

—Siempre, le contestó, tendida en la otomana y envuelta en los pliegues de la rosada bata de seda floja que huele a heliotropo blanco... Siempre, le contestó, sonriendo, con su dulzura de moribunda.

—También es que no quiere salir; mira, Pepillo: tú que estás desocupado, paséala; a mí los negocios no me dejan un minuto libre; si lo tuviera, lo haría. Tú que sabes tanto de cuadros y de estatuas, llévamela a los museos; yo no tengo tiempo. ¿Por qué no vas al Louvre mañana con Fernández?, le preguntó... ¿No decías que tenías ganas de ir?

—¿Iremos, no, José? Es que cuando uno no está acostumbrada a la vida de Europa, no se le ocurre salir con un amigo, ¿cierto? ...Y los ojos árabes me miraban con delicia, y la cabeza, recostada sobre los cojines blandos de la otomana, me ofrecía millones de besos para el día siguiente.

—Es que las mujeres no malician lo que lo absorben a uno los negocios, continuó el otro. Tú que sabes la complicación de los míos, suponte si tendré tiempo para pasearla y distraerla como querría...

¿Y si lo tienes para jugar billar y bacarat en el club y para pasarte las semanas enteras con tus famosas horizontales e ir a cenar con ellas, grandísimo tarambana?, pensaba yo entre mí al oírlo.

—¿De modo, Paco, que me autorizas formalmente para pasearla y distraerla?, le pregunté con una frialdad de viejo de setenta años.

—Le vengo suplicando desde que llegó, que salga a conocer a París, ¡y maldito el caso que me hace!

—Oiga usted, Consuelo: su marido me la entrega para que la haga pasear y la distraiga; después usted no alegue que no le ha dado permiso para ir a tal o cual parte.

—No, llévala a donde quieras; ve con Fernández a donde te lleve, ¿oyes?... ¡Ah! las diez, dijo, sacando el reloj; tengo que salir; tú me excusas, ¿cierto? Tengo una cita con Amorteguí para un negocio importante.

Dizque al día siguiente le preguntó ella que si no hablarían los que nos conocen al vernos juntos en mi coche, y le dijo él soltando la carcajada:

—No: si a Fernández lo conocen todos... ¿Tú sabes cómo lo llaman? El Casto José. No te afanes por lo que digan, que no dirán nada...

¡Y me lo contaba ella, riéndose con la boca carnuda y deliciosa, recostada en uno de los divanes de mi biblioteca! Me voy a pasar contigo los días enteros, si quieres, me decía; para que me consientas y me quieras; si no, me muero... Estoy muy enferma, ¿sabes? Tengo fiebrecita todas las noches, desde hace un año, desde que vine. No estudies tanto, agregaba, viendo los atlas, las cartas geográficas, los gruesos volúmenes abiertos sobre las mesas y los estantes enormes de la biblioteca; te matas si sigues estudiando así. Mira: vas a descansar paseándome; desde mañana le echo la llave a este cuarto de viejo y comenzamos nuestras excursiones...

Dicho y hecho. Como no quería que la vieran conmigo, los sitios predilectos fueron los alrededores de París, los pueblecitos rientes y llenos de verdura, las salas de los museos, las iglesias más distantes del centro.

Cluny no me gusta; hay allí tanto vejestorio, y aquello huele

196

a sacristía; lo que me encanta es el Luxemburgo, que tiene cuadros nuevos, y esos jardines tan lindos, cerca. ¿Y esto es lo que ponderan?, me preguntaba, viendo los arcos de piedra renegrida y las misteriosas esculturas de las torres de Nuestra Señora.

¡Cuánto más linda San Francisco, que es nueva y tiene tantos dorados! Yo comencé una vez a leer una novela que se llama como esta iglesia, y no seguí porque no entendía nada. ¿Tú has oído hablar de ella?... Creo que es de Dumas.

Resucitó con mi amor. Dio en no querer que saliéramos y se pasaba los días envuelta en la rosada bata de seda floja, viendo dibujos a la sanguínea, aguafuertes, grabados en acero y acuarelas de los que guardan mis cartones; examinando los camafeos uno por uno. Mira esta pintura, me decía, mostrándomela y paseando por las salas desiertas sus miradas curiosas y la languidez dejativa y rítmica de su cuerpo delicioso, que ondula como las palmas de nuestra tierra, al soplo del viento del mar. ¿Hacerla comer algo que la alimentara?... No; golosinas y frutas, pastelillos rellenos de confituras, confites, caramelos y almendras de la casa Boissier y albérchigos y uvas moscateles, que destrozaba con sus dientes de azulosa blancura.

—Te vas a morir de anemia, Consuelo, le dije una mañana, en que, sentados ambos en el comedor, no quería probar un ala de pollo que le ofrecía, suplicándole.

—Pero si tú sabes que nunca como carne. Dame café negro; eso sí, y una copita de marrasquino, continuó tendiéndome la taza de Sevres y la frágil copa en forma de lirio. Dime: ¿a que tú no has pensado en esto?, ¿qué tienen aquí que sea tan bueno como lo que tenemos nosotros allá? Mira el café, el chocolate, las piñas, la vainilla, las esmeraldas, el oro, todo eso, que es lo mejor, viene de nuestra tierra. ¿Te acuerdas de las piñas del Guaimis?... Se las manda coger uno a los negros, y se las traen por montones... ¡Aquí sólo las comen los millonarios, los príncipes!... ¿De qué te ríes?, me preguntó, seria, al ver la sonrisa que no pude contener al oírla...

—De pensar que a las mujeres que nacen allá no las consiguen ni los príncipes, le dije, aludiendo a la carcajada que le soltó al de Pontavento la noche del baile en que quiso besarle una mano.

—No, ésas son para los que las conocen desde que nacieron y las consienten como tú a mí. Estas de aquí serán más lindas y más elegantes, dijo; pero no saben querer. Aquí nadie quiere a nadie. ¿Sabes tú lo que a mí me parecen las parisienses? Muñecas vivas... añadió, soltando una carcajada. ¿Tú crees que alguna de ésas es capaz de querer como queremos nosotras?...

Así se han ido tres meses casi, en diálogos de esos, en siestas dormidas en las dos hamacas, que hice colocar entre las palmas del invernáculo, en paseos de que volvíamos con los ojos llenos del color y el olor del campo, donde pasábamos las mañanas en rasguear una bandola que tenía yo en mi escritorio como adorno y hacer sonar en el aire de París las dejativas canciones de la tierra donde nacimos... Le he ofrecido ir a San Sebastián y a Biarritz, para donde se la llevó Paco a ver toros.

—Oye: allá oiremos siquiera hablar español y no me llamarán Madame. Vamos a estar felices; vendrás, ¿cierto?

—¡Me la has curado, Pepillo! Mírala cómo está de rosada y de gorda... Han sido los paseos contigo. No sé cómo agradecértelo. Si vieras el buen humor que tiene ahora. Antes vivía suspirando. Ven a San Sebastián y allá completarás la obra. ¿Te esperamos precisamente? Instale tú, Consuelo, le decía el marido esta mañana, al dejarlos en la estación, donde cruzamos la última mirada, y le estreché la mano, que no volveré a sentir en las mías por mucho tiempo, porque, cansado de besos, de mimos, de enervamientos y de lascivias, me iré dentro de tres semanas a Nueva York a ver si los negocios a la americana y el hard work me curan del mal de vivir y del asco de la vida, que estoy sintiendo.

¡Y no me he ido! Si vuelve, le cerraré brutalmente la puerta y haré que alguien le sugiera al marido que no la deje salir sola, porque corre peligro de que se rían de él, si siguen viéndola conmigo. Desde su ida me he consagrado a revisar mi plan concebido en Suiza en el verano pasado, en los días en que viví en el picacho abrupto donde no llegaba ni el ruido de la canallería humana. Tranquilos los sentidos por los excesos de los meses pasados, he vuelto a vivir la vida verdadera y a sentir que me renacen las alas que me habían cortado las tres Dálilas, la lectora de Nietzsche, la sensual romana y mi sentimental y perezosa amiga, que no ha leído, a Dios gracias, ningún libro que le haya quitado del alma el perfume de sencillez que la hace adorable.

¡Es una almita cerrada, inconsciente y fresca, que guarda todo su olor a montaña y a nido y a rosas como las parásitas del Guaimis, como las orquídeas rosadas que le di la tarde en que la besé por primera vez!

Camilo Monteverde, mi primo hermano, que está en París ahora, y yo no hablamos nunca de arte. En literatura se quedó en el naturalismo de Zola, que es para él la fórmula suprema. Sabe que lo considero de cuarto orden como escultor, a pesar de la fama de que disfruta en mi tierra, y no entiende mis versos, según confesión propia. Eso es música del porvenir, puro Wagner..., me dice cuando lee algo mío. Para mí el primer poeta contemporáneo de España es Campoamor... ése es claro y lo entiendo...

No hablamos de arte nunca. Hablamos de nosotros mismos, o mejor dicho, me habla él de él y de mí, dada la especie de pudor que me impide dejarle ver ciertos modos de sentir míos, de que se reiría. En cambio, exagera él un poco su cinismo; cuando me hace confidencias, toma la pose canaille, que diría un pintor, y me exhibe un personaje muy diferente del que conoce el público y muy parecido al que describe Luis Montes, que lo desprecia y lo odia con todas sus fuerzas y no le reconoce ni aun sus más positivos méritos.

—¿Tú siempre cazando el pájaro azul?, me decía antier en el cuarto de fumar. Voy mil dólares de apuesta a que estás enamorado platónicamente y a que todo lo que he visto en tu casa lo has comprado y lo has pagado.

—No conozco otro modo de hacerse uno a lo que desea, le dije. ¿Tú has encontrado otro?

—Ya lo creo; se lo hace uno regalar o se lo lleva. Aquí en París debe ser difícil el procedimiento mío; pero en mi tierra me ha surtido resultado completo. Todos los tapices, los muebles antiguos, las armas y los cuadros que tengo han salido de los conventos y de las iglesias. ¿Cómo?, me dirás tú. Pues haciendo tales bajezas para tenerlos; diciendo tales cosas respecto de ellos, que el dueño o la dueña, viejo que lo conoció a uno de muchacho, o muchacho que lo admira y quiere tenerlo contento, a las pocas vueltas manda la pintura, el broncecito, el objeto histórico, diciéndose: «Esto aquí no luce mayor cosa y en cambio Monteverde contará que es regalo mío...». ¿Es que tú no eres práctico?..., continuó después de un silencio y como pensando en alta voz. Tú te entusiasmas con las cosas, te enamoras de las mujeres, haces locuras por ellas, tienes la manía de trabajar y de saber. ¿Qué ha sido hasta ahora de tu vida?... Una cacería al pájaro azul... Mira: el secreto es, con el menor esfuerzo posible, lograr el mayor resultado posible, sin moverse casi y a punta de imbecilidad de los otros y de las otras, de adulaciones de uno a los que no las esperan y de insolencia con los que las esperan. Así, comienza a lloverle a uno todo del cielo, amigos, fama, dinero y mujeres. ¡Mujeres!, siguió en su monólogo, apurando a tragos largos una copa grande de whisky que se había servido; ¡mujeres! todas incoherentes: Jorge Sand y Cora Pearl, Sarah Bernhardt y Juana de Arco; ¡todas deliciosas, todas asquerosas, y todas mujeres! ¿Tú conoces la taberna de Rousselot en Montmartre?... ¡Qué vas tú a ir allá!... ¡Tú, el soñador de aristocráticos idealismos!...

—¿Y por qué me preguntas si la conozco?, le pregunté, riéndome...

—Porque antenoche me encontré ahí una maravilla, una de las muchachas que venden la cerveza. Es deliciosamente estúpida y estúpidamente deliciosa. Tú no entiendes de eso. Tú vas soñando siempre en alguna Dulcinea, como el caballero de la triste figura; yo soy más práctico... Los dos somos del mismo árbol, los Andrade aquellos, ¿oyes?... con dos injertos diferentes, tú de Don Quijote... yo de Sancho; tú andas peleando con los molinos, soltando a los prisioneros, vistiéndote con el yelmo de Mambrino y buscando a Merlín, el encantador... Dime que no vives leyendo libros de caballerías...

Así llama a todos los que sean de ciencia un poco abstrusa, de novela psicológica, de poesía de alto aliento, de crítica sutil y personal.

—Yo me voy ahora para Normandía a comprar unas vacas; después iré a Inglaterra a buscar unos toros Durham. ¿Tú crees en mi pasión por el arte?... La escultura me importa un comino. Vente conmigo a Inglaterra.

—No puedo, le dije; tengo mucho que hacer.

—¿Tú tienes mucho que hacer, viviendo en París, y a los veintisiete años, y con tus millones?... Pero entonces ya no tienes remedio...

Monteverde es un hombre práctico, indudablemente.

En el aislamiento en que he vivido estas semanas, todos los recuerdos de lo reciente se han borrado a mi alrededor, y la imagen de Helena ha ido resucitando hasta hacerse más vívida que nunca. Ayer, al abrir la puerta del cuarto donde están los retratos, la puerta cuya llave sólo tengo yo y que no había vuelto a usar desde el encuentro con Nelly, un olor extraño y nauseabundo me impidió entrar. Estaba oscura la tarde, y el tono sombrío del cuero de Córdoba que cubre las paredes, acrecentaba la oscuridad de la estancia. Sólo distinguí en ella la blancura de la túnica y del manto, destacándose sobre el fondo sombrío.

Volví a pasos lentos y precedido de Francisco, que entró con las bujías de un candelabro, encendidas para alumbrarme el camino. El nauseabundo olor era el de las últimas flores pedidas a Cannes, que al descomponerse, habían podrido el agua de los vasos. Olía aquello a sepulcro, y los montones de hojas y de pétalos secos, de ramillos negros, de cálices duros los unos y acartonados como momias, podridos los otros por la humedad yacían en los floreros de Murano y en las jardineras sobre el mármol cubierto de polvo de la mesa; las rosas desprendidas del tallo y negras casi, sugerían la idea de un cementerio de flores.

El criado abrió el balcón para renovar el aire pesado. Por él entraron la difusa luz del crepúsculo violáceo y cobrizo y la llovizna fría, que sacudió las cortinas, melancólicamente. Un rayo de sol brilló en el marco del retrato de la santa de las guedejas blancas y tirité al sentir el soplo helado del aire del otoño.

Sobre los veladores de malaquita el polvo opacaba el verde de la piedra y unas moscas muertas extendían las inertes alitas y las rígidas patas. El polvo y las moscas habían manchado el marroquí blanco y los dorados de los libros que compré en Londres en el invierno pasado; y a la doble luz de las bujías del candelabro y del crepúsculo, que filtraba por el balcón su tristeza fría, me parecieron desteñidos y ajados los colores de las alfombras de Oriente que cubren el piso.

Mi alma en ese momento estaba más sombría que el cuarto abandonado y más marchita que las flores. Los pobres libros manchados han ido a dar a mi biblioteca, y el pesado cofre de hierro de las joyas, a mi escritorio. La copia del cuadro de Rivington y el retrato pintado por Whistler están en mi alcoba. Duermo bajo las miradas de la santa de las guedejas de plata y de la figura que lleva en las manos el manojo de lirios blancos, y pienso a veces que si sobre la oscura tapicería que cubre las paredes hubieran estado siempre los dos lienzos, ni Nelly, ni la de Rivas, ni la Musellaro, ni Olga, habrían entrado ni a mi vida, ni a mi alcoba.

Han sido diez días de actividad loca, sin resultado alguno. Desde hace cinco hay un empleado mío en cada una de las capitales de Europa, sin más oficio que recorrer los hoteles y telegrafiarme. Por conducto de Marinoni y so pretexto de un negocio de grande importancia he logrado que la agencia Charnoz les transmita a sus corresponsales del mundo entero el nombre de Scilly, para que averigüen por él, y yo me paso las horas en mi escritorio esperando, minuto por minuto, la llegada de los partes telegráficos o de los telegramas. Empresa inútil; empresa inútil, y sin embargo, tengo la seguridad de encontrarla y de que algún día, al contarle mi impaciencia de estas horas, sus pupilas azules tengan un brillo más dulce al mirarme y se sonrían sus labios apenas rosados, animando con esa sonrisa la sobrenatural palidez exangüe de las mejillas enmarcadas por la rizosa e indómita cabellera castaña, que tiene visos de oro donde la luz la toca!

¡Helena! ¡Helena! Hoy no es el grotesco temor al desequilibrio, como lo era al escribir los ridículos análisis de Londres, lo que me hace invocarte para pedirte que me salves. Es un amor sobrenatural que sube hacia ti como una llama donde se han fundido todas las impurezas de mi vida. Todas las fuerzas de mi espíritu, todas las potencias de mi alma se vuelven hacia ti como la aguja magnética hacia el invisible imán que la rige... ¿En dónde estás?... Surge, aparécete. Eres la última creencia y la última esperanza. Si te encuentro será mi vida algo como una ascensión gloriosa hacia la luz infinita; si mi afán es inútil y vanos mis esfuerzos, cuando suene la hora suprema en que se cierran los ojos para siempre, mi ser, misterioso compuesto de fuego y de lodo, de éxtasis y de rugidos, irá a deshacerse en las oscuridades insondables de la tumba.

Estuve diez días sin saber de mí. Lo primero que vi al abrir los ojos, a la sombra de las cortinas de terciopelo de la cama y en la media luz artificial de la alcoba, fue la gran cabeza de Charvet inclinada sobre la mía. Me hundía en los entreabiertos ojos la mirada aguda y penetrante de los suyos, y los tenía tan cerca de los míos, que le veía una a una las pestañas grisosas.

—¿Me conoce usted, Fernández?

—Sí, maestro, articulé con dificultad y con voz apagada.

—¡Está salvado!, oí que decía, y al volver a cerrar los ojos para hundirme en el pesado letargo, alcancé a ver dos cabezas de mujer que cuchicheaban en la sombra.

Después, nada, ni pensamiento alguno, ni imagen alguna que cruzara la inconsciencia en que estaba sumido. De cuando en cuando unas manos que me levantaban la cabeza, la luz de una bujía, el brillo de una cuchara de plata y el sabor de una droga que me quemaba la garganta; a veces un dolor que me cruzaba la cabeza de sien a sien, y por instantes la sensación de caer, como una piedra entre lo negro de una noche sin astros.

Cuando comenzó a dolerme todo el cuerpo, como magullado y herido, y las sensaciones externas fueron acentuándose, me quejaba como un niño y me debatía como un energúmeno para no tomar las cucharadas.

—Eso es ya la mejoría; va volviendo, decía la voz acariciadora de Charvet; ya hay voluntad. ¡Si es una naturaleza de hierro!

—Amigo mío, me dijo el primer día en que después de

larguísimo sueño y de sentirme vivo al despertar, hice un esfuerzo para moverme, tiene usted enfermedades capaces de desconcertar al que más seguro esté de su ciencia. Ha estado usted entre la vida y la muerte; hubo un instante en que el corazón estuvo tan débil, que con el oído puesto sobre él esperé las últimas palpitaciones, y en que la temperatura bajó grado y medio

de lo normal. Ahora su corazón funciona bien y la temperatura acusa ligera fiebre. Ha sido el mismo accidente de hace un año, pero mucho más grave. Está usted hoy, com

o entonces, como si hubiera tenido una hemorragia copiosa. ¡Tenemos que hacer sangre, amigo mío!...

Y he hecho sangre, como dice él, en la convalecencia, que le ha parecido rápida y que me ha parecido interminable, porque no veía la hora de ponerme en movimiento; mi juventud y el vigor de mi organización, ayudados por sus sabias indicaciones, triunfaron de la horrible debilidad en que me dejó el vértigo.

Ahora acabo de pasearme por el hotel, que está vacío, completamente vacío, con las paredes y los pisos desnudos. Mis pasos repercuten en los salones desiertos y como agrandados por falta de muebles. Tiene todo él, alumbrado por el frío sol de invierno, la tristeza de los sitios donde vivimos, dejando algo de nosotros mismos, y que no volveremos a ver nunca. Mañana vendrá a habitar entre sus cuatro paredes otro, quizá menos desgraciado que el que lo abandona.

Muebles y objetos de arte, caballos y coches, todo el fastuoso tren que fue como la decoración en que me moví en estos años de vida en el viejo continente, me esperan ya en el vapor que al romper el día comenzará a cruzar las olas verdosas del enorme Atlántico para ir a fondear en la rada donde se alza, con el eléctrico fanal en la mano, la estatua de la Libertad, modelada por Bartholdi.

Voy a pedirles a vulgares ocupaciones mercantiles y al empleo incesante de mi actividad material lo que no me darían ni el amor ni el arte, el secreto para soportar la vida, que me sería imposible en el lugar donde, bajo la tierra, ha quedado una parte de mi alma. El coche que me llevará a la estación para tomar el tren que me aleje de París para siempre irá primero al lugar donde he pasado las mañanas de los últimos días.

Al llegar a él el 28 de octubre, con una tarde destemplada y húmeda, Marinoni se alejó suplicándome que lo esperara por unos momentos. Seguramente quería estar solo para conmemorar el aniversario. Caminé unos pasos, y al sentir lo mojado del piso, fui a detenerme bajo las ramas de un árbol y cerca de una columna que tenía la inscripción medio borrada por los años la lluvia. Recorrí con las miradas el horizonte cobrizo, sobre el cual cortaban sus negruras finas, como los calados de un encaje, las cimas de los árboles de la entrada, sacudidos por el viento. Allá, lejos, entre las sombras que empezaban a envolver el paisaje, dorada por un rayo del sol, brillaba la cúpula de los Inválidos. Por sobre la ciudad, confusamente delineada, sobresalían las masas negras de las torres de Nuestra Señora, y el cielo rojizo se reflejaba en la corriente del río.

Al bajar los ojos hacia el suelo alfombrado por las hojas marchitas, cuyo olor melancólico estaba respirando en la tristeza del paisaje, tropezaron mis miradas con una rama que pendía, rota, del rosal vecino y cuyas tres hojas se agrupaban en la misma disposición que tienen las del camafeo de Helena. Una mariposilla blanca se detuvo sobre ellas un instante, y levantando el vuelo vino a tocarme la frente.

Sobrecogióme al verla el supersticioso terror que me invadió al ver la otra alzarse de entre el ramo de rosas blancas, en la alcoba de Constanza Lansser; me crispó el recuerdo de la pesadilla de Londres, en que, rodando hacia el fondo de un abismo negro, veía arriba, arriba, las tres hojas de una rama y el revoloteo de la mariposa blanca sobre la claridad azul del cielo; y al recordar el horrible sueño, una ansiedad sin nombre, una impresión de miedo irrazonado e irresistible, me aflojó las piernas y me quitó las fuerzas. Comprendí que iba a caerme en ese instante, ahí, sobre el barro, y a morirme del mismo mal que me hizo caer en el bulevar la última noche del año antepasado, al detenerse el volante y cruzarse los punteros de oro sobre la muestra de alabastro. Las doce campanadas ensordecedoras que oí aquella noche comenzaron a sonarme en los oídos. Dando media vuelta para buscar un punto de apoyo en el monumento que tenía a la espalda, y cerrando los ojos, alcance a cogerme de la verja baja de hierro y de la pilastra que formaba la esquina. Caí de rodillas apoyándome con la mano derecha en el suelo y agarrándome con la izquierda de la baranda de metal frío. El desvanecimiento iba pasando y la impresión de terror disminuía. Abrí al fin los ojos. Vi blanco; hice un esfuerzo horrible para levantarme, y de pie ya, agarrado de la baranda, los volví a cerrar instantáneamente, porque sentí que me volvía el vértigo. De repente di un grito de terror. Había sentido unas manos que se apoyaban en mis hombros. Volví la cabeza. Era Marinoni que había vuelto y me había cogido por detrás.

—¿Qué tienes?, preguntó, asustado.

—El vértigo..., alcancé a contestarle.

—Quédate quieto; deja que te pase; yo te tengo para que no te caigas, dijo y me sostuvo con todo su cuerpo... Suelta la verja; eso es, apóyate en mí. Quédate quieto...

—Ya pasó, le dije al sentir que disminuía gradualmente la angustia, y levanté la cabeza. Al hacerlo, leí la inscripción negra sobre el mármol blanco, que encierra la verja; di otro grito, que sonó en todo el cementerio, y caí desplomado.

De ahí hasta el despertar en la alcoba, con la cabeza apoyada en los almohadones y los ojos de Charvet fijos en los míos, no tengo recuerdo ninguno.

Hace doce días hice mi primera salida para ir al cementerio, a donde he vuelto después, todas las mañanas, a cubrir de flores la losa que reza su nombre y dice la fecha y la hora de su muerte. Es la última hora del año, en que agonicé de angustia frente al reloj de mármol negro, viendo juntarse los punteros de oro para marcar el minuto supremo sobre la muestra de alabastro, tras de la cual creí sentir que iba a aparecérseme lo Desconocido. La hora del tren se acerca. Oigo el ruido del coche que se detiene frente a la puerta del hotel.

Viene a buscarme para ir a llevarle las últimas flores que pondré sobre su tumba.

¿Su tumba? ¿Muerta tú?... ¿Convertida tú en carne que se pudre y que devorarán los gusanos?... ¿Convertida tú en un esqueletito negro que se deshace? No, tú no has muerto; tú estás viva y vivirás siempre, Helena, para realzar el místico delirio de las abuelas agonizantes, arrojando en el alma de los poetas ateos, entenebrecida por las orgías de la carne, el pálido ramo de rosas y para hacer la señal que salva, con los dedos largos de tus manos alabastrinas.

¿Muerta tú?... ¡Jamás! Tú vas por el mundo con la suave gracia de tus contornos de virgen, de tu pálida faz, cuya mortal palidez exangüe alumbran las pupilas azules y enmarca la indómita cabellera que te cae en oscuros rizos sobre los hombros.

¿Muerta tú, Helena? ...No, tú no puedes morir. Tal vez no hayas existido nunca y seas sólo un sueño luminoso de mi espíritu; pero eres un sueño más real que eso que los hombres llaman la Realidad. Lo que ellos llaman así es sólo una máscara oscura tras de la cual se asoman y miran los ojos de sombra del misterio, y tú eres el Misterio mismo.

José Fernández, al suspender la lectura, cerró el libro, empastado en marroquí negro, y ajustándole la cerradura de oro con la mano nerviosa, lo colocó sobre la mesa.

Los cuatro amigos guardaron silencio, un silencio absoluto en que se oía el ir y venir de la péndola del antiguo reloj del vestíbulo, el murmullo de la lluvia, que sacudía las ramazones de los árboles del parque, el quejido triste del viento y el revoloteo de las hojas secas contra los cristales del balcón.

Adormecíase en él la semioscuridad carmesí del aposento. El humo tenue de los cigarrillos de Oriente ondeaba en sutiles espirales en el círculo de luz de la lámpara atenuada por la pantalla de encajes antiguos. Blanqueaban las frágiles tazas de china sobre el terciopelo color de sangre de la carpeta, y en el fondo del frasco de cristal tallado, entre la transparencia del aguardiente de Dantzig, los átomos de oro se agitaban luminosos, bailando una ronda, fantástica como un cuento de hadas.

# ÍNDICE

París, 3 de junio de 189..., 23

Junio 20, 35

Bâle, 23 de junio, 41

Whyl, 29 de junio, 42

Al día siguiente, 43

Whyl, 5 de julio, 51

10 de julio, 52

Interlaken, 25 de julio, 67

Interlaken, 26 de julio, 69

Interlaken, 5 de agosto, por la noche, 72

Ginebra, 9 de agosto, 74

Ginebra, 11 de agosto, 76 ← *El Encuentro*

Londres, 11 de octubre, 86

Londres, 10 de noviembre, 91

Londres, 13 de noviembre, 94

Londres, 20 de noviembre, 109

Londres, 5 de diciembre, 117

París, 26 de diciembre, 124

17 de enero, 129

10 de marzo, 142

10 de abril, 145

20 de marzo, 148

12 de abril, 155

13 de abril, 157

14 de abril, 159 — *Ganas / sobre hombre*

15 de abril, 165 — *Sensualismo / amor*

19 de abril, 166 — *Joyas / sexo / conquista*

28 de abril, 171 — *Nelly - sexo*
10 de septiembre, 182 — *Nicheatro - editorio*
18 de septiembre, 199
1º de octubre, 200
15 de octubre, 203
25 de octubre, 205
16 de enero, 207

# Colección 519 letras

Jorge Isaacs – María
José Asunción Silva – De sobremesa
Leopoldo Alas «Clarín» – La Regenta
Franz Kafka – La metamorfosis
Felipe Trigo – El médico rural
Nathaniel Hawthorne – La letra escarlata
Arthur Conan Doyle – La Guardia Blanca
Charles Nodier – El pintor de Salzburgo
José Eustasio Rivera – La vorágine
Sun Tzu – El arte de la guerra
Joseph Conrad – El corazón de las tinieblas
Charlotte Brontë – Jane Eyre
Robert Louis Stevenson – El extraño caso del Dr. Jekill y el Sr. Hyde
Edgar Allan Poe – El cuervo y otros poemas
Arthur Conan Doyle – Estudio en escarlata
Arthur Conan Doyle – La firma de los cuatro
José Manuel Marroquín – El Moro

Made in the USA
Lexington, KY
13 March 2013